魂のままに生きれば、今日やることは今日わかる

つれづれノート㊵

角川文庫
22869

魂のままに生きれば、今日やることは今日わかる

つれづれノート㊵

2021年2月1日(月)
〜
2021年7月31日(土)

2月

2021年2月1日（月）

自分を好きでいてくれて慕ってくれるのだが、なぜか時々その人の話す言葉で気が滅入ることがある。

悪いことではなくいいことを言ってくれているのになぜだろう…と不思議に思い、考えた。その人の持つ考え方の檻、あまりの平凡さに、力がそがれ、気が滅入るのだ。平凡さというか、常識的なんだけどあまりにも無意識、夢遊病者のような。本当に自分の頭でそう考えているのか？と聞いてみたくなる。

そんな風に感じるなんて、これが人と人との相性というものなのかなとも思う。で、対処法は、「距離を置く」。たまにしか会わないのであれば、会う前に心構えができる。

2月になった。

家にいて、静かに過ごす。

2月2日（火）

今日は節分だそう。2日が節分になるのは124年ぶりなんだよとサクが言う。

ずっと家にいて、夜はキャベツと豚肉とえのき茸（だけ）のソテー。

2月3日（水）

午前中、プールへ。

10時ごろはすごく混んでいたけど11時ごろになると人が減って、たったふたりの時間があった。なのでゆったりバタフライで泳ぐ（ちょっとだけ）。

ダイヤママが来て、少し話す。話すと言うか…、相手をする。ダイヤママと話すと、終わってから、ちょっと気が沈む。人の欲、エゴのようなものを浴びた気になる。

お昼は焼きそば。

フライパンのまま食べる。この食べ方、好き。

午後、YouTube ライブ配信。今日は後半、普通に話すのがつまらなくなって、みなさんのコメントを声をいろいろ変えてしゃべった。私は子どもの頃からいろいろな変わった声でひとり言を話すのが好きだったなあ。そしたら大うけ。前半に「会ってパーッと気が晴れる人がいい」と話したんだけど、「今、パーッと気が晴れました」と誰かが言ったので、やった！

スピリチュアル系の日本の歴史の本を読む。歴史が苦手なので、かえってこういう方がおもしろく読めた。私は神社はじめじめしていて暗いので苦手なんだけど、神社の成り立ちのことも書いてあり、私的には納得。そういうこともあるかもなあと。でも好きな神社もたまにある。それは神社だからというのでなく、その場所（景色）が好きということかもしれないが。

夜中。2時ごろ。空腹で胃が痛くなって目が覚める。起きて、ご飯と梅干しを海苔で巻いて食べる。なんでかな？と考えた。今日は昼に焼きそば、夜にチキンソテー。食べた量が少なかったのかもなあ。

2月4日（木）

10時に歯医者。

去年から時々歯が沁みるので診てもらう。クルクル髪の若く明るい先生。そしたら、紙に絵をかいて沁みる原理を詳しく説明してくれた。昔詰めたセラミック部分を作り直すにはまだ早い、できるだけ異物を入れたくないし、削りたくないとおっしゃったのでとても安心した。沁みるのは歯茎が下がってきたことによる知覚過敏なので、もう少し慣れたら痛くなくなるかもと。時間があるのでついでに上の歯のクリーニングをしてもらう。下は後日。シュミテクトを処方してくれた。この先生はなんだか好き。

それからプールへ。入口ロビーできょろきょろしながら歩いているまるちゃんとすれ違ったので「まるちゃん」と手を振る。「やあ。今日は遅いですね」と言いながら出口へ向かって行った。

QPさん、ガンジーさんが外のジャグジーにいたので先にそっちに行ってしばらく話す。

午後、昨日の続きの読書。歴史なのであまりよくわからず、途中ちょっと飛ばす。

夜は銀だらの西京(さいきょう)焼き。あと、レンコンを薄く切ってカリッと焼く。これ大好き。

サクが何かで当たったと言って、お菓子の詰め合わせを持って帰ってきた。大きな箱に入ってる。開けて見ると、私が食べたいのはひとつもなかった。

2月5日（金）

オリンピックの森会長の女性差別発言がニュースで話題。まあ。また。

私は昔から引っ越しが決まると引っ越し先で使うものを買い込む癖があって、それが始まった。台所用品を最近チェックしていなかったけど、いろいろ見てたら新製品がたくさんでていた。ますます便利になっていて、つい試しに購入してしまう。でも道具は使ってみないとわからない。便利になっても、前の方が自分には使いやすいと思うことも多い。なので少しずつ試してみよう。塩入れも、今使っているのは開け閉めが面倒なので新しいのを探し中。

最近はますますテレビを見なくなった。ほぼネットのみ。理由は、自分の好きな時間に好きなコンテンツだけをどこでも見られるから。台所で調理しながら聞けるし。テレビは録画したいくつかの番組だけをご飯を食べながらたまに見てる。このままいくと録画ももうしなくなるかもなあ。

プールに行ったら、今日は人が少なかった。お風呂のサウナにも誰もいない。帰ろうとしたらコグマさんという方が来たので、ちょっと話でもしようと思い、ふたたびサウナに入る。コグマさんと森会長のこと、コロナのことなど、つらつら話す。

買い物して家に帰って、テレビを見ながら昼食（買ってきた塩焼きそば）。お腹いっぱいになってそのままコタツでクーッと寝てしまった。

起きたらサクが「どこか、美術館かどこかに行きたい」と言う。調べたけどこれといっていいところがないなあ。休館しているところもあるし…。

「両国の江戸東京博物館は？」とサク。

「ああ、そこ、前に行ったけどよかったよ！　一度は行くといいかも。日本橋の大きな模型とかあって…」

で、これから行こうかと思ったけど、もう時間があまりない。その近くには他にもいろいろあったなあと思い出し、せっかくなら一日ゆっくり行こうよ、とあさっての日曜日に行くことにした。

かわりに散歩しようかと外に出る。

冬枯れの公園を通りながら写真を撮って、住宅街の細い裏道を歩き、駅ビルへ。つらつらとショップを見て、賑わってるスーパーでつまみなどを買って帰る。

家に帰ると本当にホッとする。

「長旅、長旅、終わってよかった〜。あ〜、ホッとする〜」と言いながらマスクを取って、手を洗ったり、帽子をかけたり、冷蔵庫に買ったものを入れたりと、一連の動き。

今日はカレーを作る予定。

今、カレーを作り始めて思った。私はお肉を巻いてる油紙が大好き。白いの茶色いの、どちらも好き。

そういえば、今日ショップめぐりをしている時、前から来る女性と正面で出会い、右によけたら右、左によけたら左、右、左、となった。

通り過ぎてから、「こういうことってたまにあるよね」とサクに。

「うん」

「ああなりやすい人っていると思うんだよね。相手の様子を見て譲ろうと思うタイプの人同士が会ったらああなりやすい。あまり人の気配を感じずにグイグイ行くタイプの人となら手前からすんなり分かれるけど。ママはよくああなるよ」

2月6日（土）

今日は釣りに行くと言うサク。

テーブルの上に、ゲームで取ったお菓子の箱がいつのまにか増えてる。

「これ、もうやめたら？　ヒマすぎるんだね。早く働いて忙しくなったらいいね。人生に揉まれて」

苦笑いしながら出かけていった。

私は午後、読書して、夕方プールへ。静かに水の中を歩く。

帰りにスーパーに買い物に行ったらレジに人がすごく並んでいたのであきらめて、パン屋さんでパンだけ買う。家にある材料で作ろう。

鶏の手羽元と大根の煮物を作った。

夜。サクが豊洲で小さなハゼを1匹釣って帰ってきた。そして、から揚げにして食べていた。

最近ふと、切り子のグラスに興味を持ち、続けて3つ、買ってしまった。

そして今日、NHKの「美の壺」は「切り子」がテーマだったので興味深く見る。切り子職人さんは印のついてないグラスに目で見ながら切り込みを入れていく。4本の線が1点で重なるところで「線が集まるところほど力を抜きます」とおっしゃっていたのが印象的だった。

2月7日（日）

いい天気で気温も高くなるそう。17度とかなんとか。

木場公園にある東京都現代美術館のことを思い出した。調べたら14日まで石岡瑛子展をやっていて、とても人気だという。

あら。両国に近いし、行ってみようよ。

と、10時半にサクと出発。地下鉄の清澄白河駅で降りる。タクシーを探すけどあまり通らない。遠くないので歩いて行こうか…。そしたら来た。

「東京都現代美術館までお願いします」

おじちゃんが、「はい」と言った。

しばらく走ったら建物が見えてきた。ここだなと思ったけど、通り過ぎていく。

あら？

「あのお。さっきの建物じゃないですか…」

「そうですね」とおじちゃんは急いで次の細い道で左に曲がった。そしてパーキングの入口で無理にUターンを始めた。右から来る車に思いっきりクラクションを鳴らされる。しかも、その次の車が見えているか心配！　見てないし！

「あ、右から」と私も弱々しくだけど、できるだけ注意を促す。

どうにかUターンして、美術館の向かい側で降ろしてもらった。

行き過ぎたからと、820円のところを500円にしてくれた。「いえ…そんな」と言ったけど、そうしてくれた。

降りて、サクと緊張から解き放たれる。

まだ落ち着かない。

あのおじちゃん、場所をよく知らなかったんだ。そして間違えたあと、あわてて、バタバタ。怒られて、ぶつかりそうで、心臓が止まりそうになったわ。

疲れた。

「今日のエネルギーをあのおじちゃんに全部使わされた気分…」

サクも苦笑い。

落ち着かない気持ちのまま、美術館へ。入口で体温測定と消毒。そしてなんと、チケット売り場は長蛇の列。「50分」と書いてある。

そんなに待つなら見たくない。で、売店とそこでやってた展示（〈ワタリドリ計画〉の絵がかわいかった〉と2つあるレストランのメニューをそれぞれ見て、外のオブジェのあたりで写真を撮る。家族連れ多し。そうか、映画とかシルク・ドゥ・ソレイユとかすごい人気だったなあ…。石岡瑛子。確かに、こりゃ見たいわ！

いろんなのデザインか。確かに、こりゃ見たいわ！


バスもタクシーもなかなか来ないので、清澄白河駅まで歩く。そんな遠くないで、9分だって。

よ。


途中にある深川江戸資料館に入る。私なんか、ここ3回目。クルリと見て、出て、前にある深川めしのお店を見せて、「ここ、あさりの深川めしのお店。前に入った」とサクに教える。この辺、ゆっくり散歩するのも楽しいところ。


そこから地下鉄で2駅の両国へ。江戸東京博物館。

ここのチケット売り場は待ってる人、ゼロ人。よかった。

で、博物館に入り、日本橋の実物大模型を歩いて渡り、展示物を見る。私は2回目なので何となくぶらぶらと歩く。ものすごくたくさんの展示物があって、後半の東京の現代ゾーンのあたりは疲れてへとへと。お腹もすいた〜。

お腹すいたお腹すいたと言いながらやっと回り終え、特別展の古代エジプト展を見る前に、お昼ご飯。エジプト展のところにエジプト料理のカフェがあった。そこでコシャリというエジプトのソウルフードを食べる。コシャリとは、米、パスタ、ひよこ豆などをミックスし、揚げた玉ねぎとトマトソースをかけた料理。食べやすかった。

それからエジプト展へ。

すると！　なんと中はすごい人だった。こんな混雑はひさしぶり。たくさんの石の置き物、像、小さな置き物があった。とても古いものみたいだったけど、あまりにもたくさんあって、人も多くて、神妙な気持ちにはならなかった。いくつか気になるものがあったけど、短くチラッと見ただけ。角が摩耗したピラミッド形の重そうな石の彫刻があって、その重量感には心惹かれた。

やっと外に出た。足も疲れてる。

サクは隅田川沿いを散歩してから帰るというので、私は地下鉄で帰る。帰りの電車の中ではウトウトしてしまった。

晩ごはんの買い物をして（ちらし寿司を買った）、帰宅。あ〜、疲れた。

2月8日（月）

ボールペンで絵を描こうとしたら、どれもこれもきれいにインクが出ない。むむ。ストレスを感じる…。

ついつい買い込んでしまうボールペン。それから、もらって増えていく3色ボールペン。いつのまにか溜まっていく。ここはひとつ、ボールペンチェックだ！

1本1本試し書きして、インクが出にくいのは集めて捨てた。

午前中、食料の買い物。午後、録画した「ブラタモリ」を見ながら昼寝。起きてから、YouTubeのライブラジオ。今日はほんわかした話。

夜はひとりだったので素朴に。玄米ご飯、人参とシーチキンのサラダ、大根と豚肉のしゃぶしゃぶ、大根と油揚げの味噌汁。

2月9日（火）

将棋の順位戦の日。

藤井聡太二冠の対局相手は窪田七段。この方は準備がすごいという。「うわさの巣作り」「窪田ワールド」と呼ばれているそう。大きな荷物を抱えてきて、座布団、プラズマクラスターイオン発生機、クリアファイル、飲み物、おやつ、その他たくさん。ビニール袋をガサガサさせて準備している。

その音で思い出した。私はレジ袋みたいな素材がたてるガサガサ、パリパリ、シャリシャリした音が大の苦手。なぜかものすごく不快に耳に響いてしまう。とても大きく聞こえてしまう。

じっと見ているのも退屈なのでパソコンを台所に移動して、ビタクラフトの鍋(なべ)を3つ、磨くことにした。いつのまにか底が茶色く焦げ付いていたのだ。

ステンレスたわしにクレンザーをつけてクルクルクルクル磨く。気長にやってたらとてもきれいになった。ついでに破損していた蓋(ふた)のつまみのドーナツ形の部品も注文した。スッキリ。鍋を磨くと気持ちがいい。いい気持ちで午後もすごす。

夜、藤井二冠が勝った。

2月10日（水）

今日もいい天気。

アメリカでは不思議な動き。何かが水面下で起こっているような。

森さんバッシングは集団ヒステリー状態に。

物の片づけと食料買い出し。録画したテレビ番組を見る。ほつれた布製バッグの取っ手を糸でチクチク縫って補修。

2月11日（木）

建国記念日で休日。

将棋の朝日杯。対局相手は渡辺明名人。楽しみ。

私にはなぜか、渡辺明名人と海老蔵がかぶる。どこかが似ていると感じている。

結果は、藤井二冠が勝った。それもギリギリの勝負で我慢強く進めて行ったのちに。

最後近く、ＡＩの評価値で99パーセント向こうの優勢が続いたあたりで、私はもう見るのをやめようかと思った。けどジリジリと見ていたら、途中、いきなり評価値が逆転して、えっ？と思うまもなく、勝っていた。わあ。すごい。

そして午後から決勝戦。でもその頃になると私の集中力も切れていて、ウトウトしてたら勝っていた。

夕方、買い物へ。

今月末で閉店するこのスーパーマーケット。本まで出したなじみのスーパー。

残念。

今、閉店に向けて感謝の歌を作りましたということで、オリジナルの歌が流れている。「だ〜い好きな〜、この町〜、なんとかかんとか、あ〜りがとう〜」みたいな。

それがとてもうるさい。

でも、気持ちを汲んで、我慢して買い物を続ける。

今日は、桜エビとキャベツのスパゲティ。慌ててバタバタ作業していて、シャンパンのグラスを倒す！　きゃあ〜、ショック！　もったいない。


窓の外を見ると、東京タワーが真っ赤。

あまり見ない色味の赤だなあ。よく見たら「希望」と書かれている。調べたら、「新型コロナウイルス感染症の終焉祈願、建国記念日、中国における旧暦の大晦日」のライトアップだった。

2月12日（金）

朝。

私は朝に、いろいろな動画を見ている。その時にスマホに出てきたものを。

今日は、ワクチンのことを話している女性の方がいて、作家で、きれいなおばあさんだった（おばあさんじゃないかも）。抵抗力をつけるために海藻を食べるといいと言う。ああ。次は海藻か。味噌汁をやっと克服したと思ったら…。

私は、ちまたで体にいいと言われているものの多くがことごとく苦手で、いや、普通に食べられるには食べられるけど、特に好きではない。あ、唯一、玄米は好き。味噌汁、酢の物、海藻、納豆、乾物、キノコ類…。それなら食べたいので自分でその味を作るで、味噌汁は自分の好きな味があって、それなら食べたいので自分でその味を作ることを今やっていて徐々に近づいているのだが、海藻はまだ好きな食べ方に出会えていない。

ふう。これもどうにか開拓したい…。

まあ、それはいいとして、今日は、引っ越しの見積もりの人が来る日。

9時20分に来た。若い男性。

そして、いろいろ話して、宮崎へ送る分を予約する。

最初は梱包も全部おまかせにしようと思ってたんだけど、そうするとかなり高くなるので、梱包は自分ですることにした。時間があるのでこれからゆっくりやっていこう。いらないものを選別できるのでそっちの方がやっぱいいかも。人に任せたらその作業をしないってことだからね。いつかはやらなくてはいけない選別作業。

人って、生きているとだんだん物がたまっていく。必要なものならいいけど、もう必要じゃないものもたまっていく。その都度その都度、チェックして処分すればいいんだけど、その作業を後回しにすると、どんどん物が増えることになる。でも、いつかはやらなくてはいけないのだ。その作業を。

それは、自分の生き方の整理と同じこと。

だから整理術の本は売れる。人生論でもあるからね。

…などと思いながら、これから少しずつ、より核心にせまる片付けをしなければならない私。選別の精度が、自分への問いかけが、厳しくなるからね。


さっき買い物に行った時、目に入って、すごく欲しくなって買ってしまった！

もうすぐ引っ越すんだから物は増やしたくないのに。

買ったものというのは、オリーブの木の小さなカッティングボード（木目が好きで）、ヘチマでできたたわし（鳥の形がかわいくて）、ステンレスの小さなスプーン（今使ってる塩入れにちょうどいいかもと思い）。

でもこれも、買える範囲内と判断して、自分に許した楽しみです。

あと、郵便局で郵便物を出した時、担当の方があの厳しい女性だった。あ、と思いつつも、丁寧に受け答えする。私は苦手な人と応対する時は特別丁寧にする。

2月13日（土）

いい天気。

今日から確定申告の書類書きをする予定。

今度は大好きで愛用していたクマの布バッグの取っ手が、使いすぎてボロボロになったので布で繕う。チクチク。私は布で繕うのが好きみたい。

森さんはオリンピックの会長を辞任してしまったけど、話されていたことの全文を読んだらそれほど悪いとは思えなかった。世間からのいじめを受けたという印象がある。

以前、素焼きの壺に入ったお塩を買って、それを使い切った後もいろんなお塩を入れていたんだけど、湿度の高い時季に外側がベタベタするようになった。にがり成分が沁み込んでいるみたい。それで、もうお塩を入れるのはやめてニンニク入れにでもしようかな…と思い、いったん洗って干したけど、まだ白く粉をふいている。なめると苦い。そうとう沁み込んでいるみたい。なので今は水を張ったボウルの中に沈めてにがり成分を抜いているところ。なぜか捨てたくなくて、何かに利用したい。

昼間、確定申告の書類を書く。

計算して、確認して、去年のを見て、また確認。途中、勘違いして時間をくう。

確定申告書を書いているといつも、もっと簡単にしよう、仕事もお金の流れももっとシンプルにしたい、と強く思う。私はかなりシンプルな方だと思うけど、まだまだ単純化できるはず。


夕方、買い物へ。今日は土曜日なので混んでるかもなあ。

混んでた。買うものをササッとカゴに入れて、列に並ぶ。4人ほど並んでいた。待っている時、赤い帽子をかぶったQPさんがだれかと話しながら通り過ぎて行った。名前を呼んだけど聞こえなかったみたい。

私の前の女の子のところでやけに時間がかかってる。どうしたんだろう？

見ると、わずかに声が聞こえる。3千円以内にしたかったけどオーバーしたようだ。だったらすぐにどれかを抜いて再計算！

その苺（いちご）かこんにゃくを戻せ！

なのに、たらたらとレジの女性に何か言って、品物を気だるくつかみあげては放している。急ごうとする気配ゼロ。レシートを見ていったん打ち直して、またやめるレジの女性。

ほかのレジはどこも長い列で、どの人も忙しく働いている。

私は、イライラしてはいけない、いけない、いけない、と思いながらも体が熱くなり、ジャケットを脱いで腕にかけた。

「いちど帰って来てもいいですか？」と女の子が言ってる。

「そうしろ！」と私は心で叫ぶ。

それでもまだ何か考えあぐねているらしく、たらたらとしゃべっている。後ろから「どうしたの？　遅いわねえ…」とおばさまたちの話す声が聞こえる。カゴ移動の男性職員も心配そうに離れたところから見ている。私は、足りない分を私が払うから会計して、と言いたかったけどそんな過激なことは言えないので、じっと待つ。

結局、そのカゴに入った商品をそのまま取り置いてもらって、また来るということになったようで名前を聞かれていた。

やっと私の番が来た。なんとなく焦り気味に会計を終える。

ふう。

家に帰ってホッとする。

家はいい。

誰も、レジの前に並んでいない。レジもないが。

2月14日（日）

ジムに行く気持ちがすこしそがれた理由がある。

先日、サウナに入っていたら、たま～に話す同年代のキャリア女性がいて、その人が「またコロナバブルが来るかもしれないんですって」とうれしそうに言った。それを聞いて私はなんだか気がぬけて、「この状況でまだそんなことを言ってるのか…」と思った。

そう思ったことで、自分がお金から離れたことがわかった。

お金を重要視するのは人生のまだまだ途中の感覚。私はお金を乗り越えた人がいい。

といいつつ、気分転換にプールへ。１週間ぶりだ。

事務仕事で疲れたから。

うん？ 水の温度が低めだ。すこしぬるめが好き…と思いながら歩いたりストレッチをする。しばらくしたらＱＰさんが来た。久しぶりにいろいろ話す。このあいだ仕入れたショウガの保存法（瓶に水を入れてその中で保存）を教えたら、すごくよかったとお礼を言われる。私はまだやってない。まるちゃんから聞いたという前に教えてもらった寿司屋とは別の寿司屋のランチちらしのことを教えてくれた。とても安くておいしいのだそう。１１００円。

買い物へ。今日の人出はまあまあ。

午後、引っ越しの段ボールが届く。50箱。大30、小20。それとガムテープ、お皿用の包み紙。いてもたってもいられず、さっそく梱包を始める。

「段ボールは中古でいいですか？」と聞かれて、「はい」と答えたら、中古のが来た。安くしてもらったから中古になったのかな…と考える。中古の段ボールは初めて。段ボールの側面や上部に、「台所」「衣類」「わんちゃんマット」「酒」などと書いてある。想像して、しみじみとする。どこからどこへ引っ越したのだろうか。家族で？「酒」はご主人か…。「プリンター用紙」、「毛布」、さまざまな筆跡。人の暮らしがここにある。

ハッとして頭を切り替え、それらにひとつひとつバッテンをつけ、隣に「仕事部屋」「リビング」などと書き入れる。

晩ごはんは、ひき肉とアボカドのドライカレー。おいしくできた。卵黄を真ん中に落とすのを忘れたことにあとで気づいてショック。

2月15日（月）

雨。

だんだん強くなる。

昼過ぎには窓の外が白くけぶり、とても落ち着く。

サクがいつも買うジンジャーエールを「まとめて注文しよう」と言う。ネットで調べて、ライフで8本購入。2千円以上にするためにパスタを3つ追加。今日の午後には届くそう。

それが2時すぎに来た。

ピンポーンと鳴ったのでドアを開けたら、マスクと手袋をはめたおじさんが遠く離れたところから「中身だけ取ってください」と言う。ドアのところに青いビニールバッグに入ったレジ袋があって、その中に商品が。もたもたしながらジンジャーエールの入ったレジ袋と、パスタの入った茶色い紙袋を取り出す。

残った青いビニールバッグをおじさんが持って帰るのだろう。初めてなので段取りがわからずちょっと手間取った。ソーシャルディスタンスを守り、非接触で配達、ということらしい。なるほど。

今日、仕事部屋から外を見たら虹(にじ)が出てた。
虹ってやっぱり、ちょっとハッとするね。
夜はひとりだったので野菜の多いごはん。

2月16日(火)

昨日の夜にメルカリに出したミシンが、昨日の夜にすぐ売れた。カーカが使うと言うので3年ぐらい前に買って1度しか使わなかったミシン。これからも使う予定がないので売ることにしたのだ。今朝、梱包して受付に出す。ヤマト便で送ってもらえる。
プールに行って、歩き、ゆっくりサウナに入る。帰りにQPさんといつものスーパーのフロアーの一角にガラクタ市みたいな安いお店が出品しているので見に行く。特に買いたいものはなかったが、QPさんは330円のコップを3個買っていた。スーパーでは5500円以上買うと閉店記念の手ぬぐいをもらえるというので、今日は特に何も買う予定はなかったけど、5500円以上になるようにティッシュやお塩やゴマ油などの必需品を買う。

するとと、なんと、550 1円。ピタリ賞寸前。


夕方、4時から仕事の打ち合わせで来客がある。

幻冬舎から4月に出る「静けさのほとり」の語り下ろし本。思った以上に真剣な本になってしまい、もうしばらくこのような考えを強く語る本は出さなくてもいい、と思えるほど。その前にテーブルを拭いていたら、黒いコードがある。

なんだろう？　これ。

あ。ミシンの付属品か！

入れ忘れたんだ。どうしよう。

すぐに受付に連絡して、「今朝の荷物はもう集荷されましたか？」と聞いたら、「まだです」というので、「入れ忘れたものがあるのでこれから入れに行きます」と告げる。「4時までに」とのこと。あと20分だ。ああ、すべりこみセーフ。

すぐに行って、コードを入れる。心からホッとした。びっくりした〜。気をつけなくては。間に合って本当によかった。

神の助けを感じた。

というかその前、テーブルでパッキング中、入れ忘れたその時に、入れ忘れないように神に助けてもらいたかったわ！

どこで助けが入るか、という解釈の問題か。そのポイントを考え始めると限りなく前後に広がっていく。あ、考えてはだめ。きりがない。今回はこんなギリギリになってね。注意喚起だろうか？


無事、打ち合わせが終わる。

イラストをたくさん渡したので、どんな本になるかとても楽しみ。今回、レイアウトやカバーデザインはすべてお任せすることにしたのだ。「もう自分で考えたくないほどに集中したので、あとはすべてお願いします！」と。すると編集者の菊地さんが「コロナでリモートワークなのでじっくり頑張ります！」と言っていた。

「4月からはもう、仕事やお金に縛られないで生きることができる、魂のまま生きていくことができるから楽しみ」と話したら、「つれづれは続けられますよね？」と聞くので、「うん。できる限りは続ける」と答えた。


夜。時間があったので、錆びた鉄のテープカッターの手入れをする。ペンチで修正し、錆に油を塗る。ずいぶんよくなった。次に目に入った木製の櫛とブラシを手入れする。ほこりを取って、油を塗りこむ。これもすごくよくなった（自然由来のものは経年変化で価値が上がる。人工的なものは劣化して価値が下がる。と思った)。

作業を終えて、とても充実感、満足感を覚えた。

これは、時間を使うことに関して、選択や判断のポイントになるのではないかと思う。満足感を覚えるものをこれからはやっていきたい。

2月17日(水)

プールへ。

最初は混んでいたけど、だんだん人が少なくなって、最後の方、たったひとり。なので心の動くままに動く。歩いて、浮かんで、泳いで、歩いて、滝に打たれて…。数十秒ごとに移り行く。本当に心に任せるとこういう感じなんだなとわかっておもしろかった。ホント、数秒で満足して次、満足して次、というふう。子供の頃ってこういうふうに生きていたんだろうなと思う。

その後、ジムのレストランでQPさん、ガンジーさんと3人で、めずらしく一緒にお昼を食べる。ちょっとしたお別れ会的な意味も込めて。

ガンジーさんは野菜サラダとレモンジュース、私とQPさんはワインをグイグイ飲みながらカキフライやから揚げ。そしてQPさんはナポリタン、私はそこで好きな冷やし中華。おいしかった。また食べたい。

2月18日（木）

午前中、歯のクリーニングの続き。今日は下の歯。

受付で「来月、宮崎に引っ越すことになりました」と話してたらクルクル髪の先生がいらしたので、歯のことについてちょっと質問した。神経を抜いている歯は何本あるかなど（4本だった）。そしたらいつものかわいい歯科衛生士の女性に「最後に詳しく説明してあげて」と言ってくれた。

クリーニングが終わって、衛生士さんが歯の絵が印刷されている紙に現在の状態をひとつひとつ書きこんで渡してくれた。「先生に絵にかいてと言われたんですけど、私は絵が下手なのでこれに書き入れました」と丁寧に。とてもうれしかった。

帰る時も、「わからないことがあったら宮崎からでも電話かけて聞いてくださいと先生がおっしゃってました」と伝言される。クルクル先生も衛生士さんもいい方だった。ありがたい気持ちでいっぱいになる。

さて、午後。

これからサクと皮膚科へ。

なぜ？

実は昨日、ふと、ヤフーニュースの広告か何かで爪水虫の画像を目にした私。そこには足の親指の爪の先が白くなっている写真があった。

もしかして…、サクの足の親指の爪の先が白くなって2段になっているのは、バスケットボールで爪が傷んだせいだと思っていたけど、この爪水虫ではないだろうか、という疑惑がモクモクと浮かんできた。いったん疑惑が浮かんだら、なかなか払しょくできない。考えがどんどん広がっていく。で、「水虫かもしれないからいつか病院で診てもらったら？」と伝えた。

でも、きっと行かないだろう。

なので今日、「一緒に行くから診てもらおう！」と言って、前に1度行ったことのある駅前の皮膚科の病院に3時に行くことにした。「帰りに無印(むじるし)で買い物もしようよ」と言って。

その皮膚科には3年ぐらい前に行ったことがある。その時も、手の甲の小さな水ぶくれは帯状疱疹(ほうしん)ではないだろうか？という疑問がふと生まれて（というのも最近帯状疱疹になったと言う人の話をジム仲間に聞かされたから）、そしたらいてもたってもいられなくなり、急いで駆け込んだのだった。たしか海外旅行に行く直前。

先生は私の手を見るなり、「違いますね！」と即答。帯状疱疹はこれとは全く違うらしい。明るくて元気な雰囲気の先生のひと言に安心した。テヘ…と思いながらスッキリした気持ちで帰ったなあ。

その病院に3時ちょっと前に着いた。午後の部を待つ人が階段まで並んでいる。初診の受付を済ませ、しばらく待っていたら名前を呼ばれたので診察室に入る。あの明るい男の先生だった。

「バスケットボールをやってて…、爪が…、爪水虫じゃないかと…」などと私がたどたどしく言って、サクが足を見せると、先生、「違いますね！」と即答。水虫はこれとは全く違うらしい。やはりバスケットボールで爪を傷めたのが原因だろうとのこと。わりとよくあるらしい。そのうち時間がたったら消えていくだろうとのこと。

またまたホッとして、うれしい気持ちで出る。診察費、1080円。

「やっぱりね～。よく考えたら乾いてるしね。かゆくないしね」

「違うと思ったよ」とサク。

「なんで急に水虫だなんてね、ママ、いつもそう。不思議だわ。急にきゅーっと心配になるんだよ。そしてたいがい、いつも違うの」

無印良品でサクの新居のための買い物（洗濯物干しなど）をしてから、スーパーで夕飯の買い物をして帰る。今日はボンゴレにしよう。

家に帰りついて、あ〜、落ち着く、落ち着く。

ひとまずぜんざいを食べて休憩。おやつタイム。


夜。あさりの砂抜きをする。いつも買うところのあさりは砂抜きされているけど、今日のところのはされてなくて「砂抜きしてください」と書いてあったのであわてて方法を調べた。塩水を浅く張って、アルミホイルをかぶせて暗くした。

すると、しばらくして変な音がする。あさりが動き出している。やった！

洗ったら、極小のカニがいて、バタバタ足を動かしていた。


夜。なんとなくおやつのようなものを食べたくなった。冷蔵庫と食器棚の引き出しを探したけど何もない。サクがゲームで取ってきたスナック菓子はあるけどそれは食べたくない。

野菜室に新じゃががあった。これでポテトチップでも作ろうか…。

小ぶりのを2個、スライサーで薄く切って、小さな鍋で揚げた。塩コショウをかけたらとてもおいしかった。やはり揚げたてはおいしい。

鳥のへちまたわしで食器を洗ったら使いにくかった。硬すぎて。

これは食器ではなく、もっと大きなものを磨くのにいいのかも。シンク洗いとか。で、洗って壁に立てかけておいたら食器を洗うたびに鳥が目に入る。ツンとしたかわいい目。今度、別のところで使うからね。

2月19日（金）

今日から仕事。

サクは富士山(ふじさん)の方に遊びに行った。

私は仕事する気になるまで待つ。

今月末で閉店するスーパーに買い物に行くことにした。すると、人が多く、賑(にぎ)わっていた。さまざまなセール品も並んでいる。その人々をぬうようにしていくつかの品物をカゴに入れて会計する。

おっとりトモちゃんがいたので声をかける。「海苔(のり)が安いわよ」と教えてくれたので、もみのりと味のりを買った。

結局、仕事はせず、今日はのんびり。

2月20日（土）

今日は朝から予定を立てて、仕事を始める。

ゆっくり休み休み進んで、夕方までに今日の予定の半分を終えた。

夕方、昼寝。

私は権威を振りかざすものにペコペコすることも、する人も嫌いだ。

人に威張れると思い込んでいる職業の人が当然のように何かを威張った感じで言うのを見ると、本当に軽蔑する。ずっと昔、テレビ局のプロデューサーさんかディレクターさんと、一度だけお会いした時にすごく横柄な言い方をされて、私は心からあきれかえったことがある。その言い方が通用する狭い世界で生きているのだろうと思った。

今日もおやつは揚げたてポテトチップ。

2月21日（日）

朝、動画で「美術家　篠田桃紅　１０２歳」というドキュメンタリー番組を興味深く見た。美しき墨の絵、墨文字。芸術ということ。生き方。貴重な記録。現在、107歳だそう。

そのあと、熊谷守一（くまがいもりかず）のインタビュー映像が出てきたけどそっちには興味を覚えなかった。最初の数分で引きこまれなかったからだけど、もしかすると別の場面では引き付けられたかもしれない。何を目にするかだなあ。そう思うと。

昨日は仕事が順調に進んだ。今日もその続き。

がんばってほぼやり終えることができてよかった。

今日はとても気温が高く、春の陽気。ちょっと買い物に外に出た時、うららかさにぼんやりとなった。

今月いっぱいで閉まるスーパーは人が多かった。これから月末にかけてどんどん増えていくのかも。早めに必要なものは買っておこう。

2月22日（月）

222だ。

家で仕事の残り。

買い物にちょっと行く。

棚に空白が目立つようになっている。新しく仕入れず、もう売り切りなんだ…。レジで閉店をなげく方が店員さんに声をかけていた。「お元気でね」。特設売り場でも「ちょっと来るのがいつも楽しかったのに寂しくなるわ〜」とおばあさん。全体的ににぎやかさと共に悲しみのムードが立ち込めている。私もちょっと寂しくなった。

夜。今日はお風呂でお風呂椅子と洗面器と手おけを磨いた。椅子は湯垢がこびりついていて捨ててもいいか…と思うほどだったけど、きれいに磨いて、サクに持たせるレベルまで生まれ変わらせることに挑戦したい!という気持ちがムクムクと湧いてきたのだ。

頭には利尻昆布白髪染めトリートメントをしたまま、2時間かけて磨いた。きれいになった。

これなら使える!

とても満足。

今日もおやつは自家製ポテトチップ。

…おいしい。

小さな新じゃがだからかもしれないけど、スライサーでスライスして油で揚げて好きな塩コショウをふると、売ってるポテトチップみたいになるってことがわかって驚いた。あの袋に入ってるポテトチップ。それの揚げたて。あれはこれなんだね。

2月23日（火）

今日は、4月発売の『つれづれノート』の最後の仕上げ。

細かいところをチェックして、よし。OK。

宅配便で送る。


今日は天皇誕生日で休日。お言葉もニュースで流れた。

外はとても暖かい。すごくおだやか。

開店直後、スーパーへ行ってみた。すごい人。おお。長蛇の列。なんだろう？

12本11000円のワインセット、限定100名の列のようだ。

どこかで鐘が鳴っている。なにかのくじが当たった音。なんだろう…。

あまりの混雑にひるむ。ゴミ袋を買おうと思って見たら、欲しい大きさのはなかった。なのでウロウロ歩いて、トシ・ヨロイヅカの苺（いちご）のショートケーキだけを買った。

そこは並んでなかったので。

家に帰って、ケーキを食べながらもらってきたチラシを見る。それで全貌がわかった。人々が群がっていたのはこれか。有名店のケーキとか…。鐘が鳴ってたのはシャンパンとワインのくじだった。100点限りで、くじを引いて当たるとドンペリがもらえるという。

ヒマなのでプールに行こう。

気になって、その前にまた、ちょっとスーパーへ寄る。くじを引きたい。シャンパンとワインのくじはもう終了していた。他にも、気になっていたものはすべて終了。

私はこういう気があせる場所には行かない方がいい。欲しくもないのに、見るとあせって、逃すと損した気分になる。

ああ。見ない方がいい。知らない方がいい。

ジムに行ったらQPさんがいて、その話をしたら、「そやねん」と、ものすごく共感してくれた。同じらしい。

プールで黙々と歩き、お風呂へ。

スチームサウナに入ったら、ひとり、先客がいた。その方は、私が前に「もう少し丁寧に接したらよかったかも」と思ったことがあり、心残りだった方だった。なので、私から積極的に話しかけた。スーパーの歌について、「歌がいいじゃない。素人っぽくて」とおっしゃる。そうか。あの歌を好きな人もいるのか。

「たしかに、しじみを食べたら思い出して、なんていいですよね」

と私も考え直す。

この方と話せたのでよかった。心残りがひとつ、消えた感じ。

帰りにまたスーパーへ。ハーフワイン5本セットを買う。混んでないレジで。

「今日、3回来たんですけど、ずっと混んでますね」と、若い新入社員（丁寧さがたぶん）2名と話す。

夜はドライカレー。

「私ですか？」と「私はね」を、無意識に使わないように気をつけよう。

2月24日（水）

プールに行ったら今日は人が少なかった。まるちゃんが来た。昨日のスーパーの混み具合を語る。まるちゃんはあのお酒のくじを4回も引いたのだそう。「でも全部はずれ。前の人がドンペリ当たってました」
「ああ～。当たりの鐘がたまに響いてましたね」
そして、あの歌のことについて。
「あれは私の知り合いが作ったんです」と言う。
へえ～。
「いいですよね。しじみを食べたら思い出してって」と伝える。
帰りにそのスーパーへ寄って、今日は豚肉などを買いだめする。冷凍するために。
呼び込みの説明につられておいしいパンセットとトマトソースも買ってしまった。

2月25日（木）

午前中、段ボールが来た。
引っ越し屋さんから大30箱、小20箱もらったんだけど、本などの重いものが多いので大はほとんど使わない。なので電話して取り換えてもらうことにしたのだ。大を20箱渡して、小を30箱受け取る。「中古がなくて、新しいのですみません」と言われ、かえって申し訳ない。うれしかった。中古の箱に書かれた内容書きを見ると、やはりどうしてもリアルに想像してしまう。

プールに行く途中、ロッカールームでQPさんとすれ違う。

昨日、苺のショートケーキがおいしかった話をしたら、さっそく買って食べたそうで、おいしかったそう。スポンジと生クリームと苺だけのシンプルなケーキがお互い好きなので。「また買おうかな」と言っていた。


軽く歩いて、静かに浮かぶ。


帰りにスーパーへ。今日も混んでるけど昨日よりはまだ少ないか。

今日は重くてかさばる野菜類を買う予定。ジャガイモ、キャベツ、白菜、ブロッコリー、きのこなど。きのこは切って少し乾燥させて冷凍するといいと聞いたのでそうしよう。

覚悟していたので、じっと列に並んで会計する。

最後にまたおととい の苺のショートケーキを買いに行こう。

今までになかった番号札があり、待ってる人がいる気配がしたので、身ぎれいな感じの中年の男性店員さんに「待ちますか?」と聞いたら、「大丈夫ですよ」と言うので、ひとつ、注文する。

会計を待っていたらQPさんが現れ、2個注文した。そして次の人は同じ苺のケーキを3個注文した。ケースの上に丸いトレイが3つ並び、右から苺のケーキが1個、2個、3個、と並んでる。他のケーキもあるのに！　苺のケーキ、大人気。

なんともかわいらしかった。

ケーキを受け取って歩きながら、「ヨロイヅカさん、痩せはったな」とQPさんが言ってたので、あの男の人はトシ・ヨロイヅカさんだったと知る。

家に帰って、野菜を洗ったり、整理する。

そしてきのこも洗って干す。トマトも切ってオーブンで半ドライトマトにする。できるだけ長持ちさせたい。

私のバター入れ。

バターナイフがバターケースに収まるように蓋を丸くくりぬいた。ちょっと見た目は悪いけど。バターケースもいろいろ買ったが結局これに落ち着いた。ナイフが一緒にある方が使いやすいから。

バターナイフも木製のを何本も持ってるなあ。つい買ってしまう木製品。

2月26日(金)

午前中、電気と水道の停止をネットで申請。

それから郵便局に行って転居届をもらう。番号札の機械が設置されていた。今までなんでなかったのか。明るい女の子が、書き損じた時のためにと予備までくれた。

切手の見本を見て、気になったものがあったので2シート買ってしまった。それは「天体シリーズ」第4集。見本はカラーコピーだったのでわからなかったけど、実物はキラキラキラキラ光っていた。華々しい。私はカラーコピーの沈んだような色合いの方が好きだった。

プールへ。時間帯がお昼だったせいか、人が少ない。

1時間ほどいて、帰りにスーパーへ。レジに人が長く並んでいる。でも、今日は豆腐チゲを作る予定なのであさりや豆腐を買いたい。しょうがない。列に並ぼう。

ふりかえって確認したら、私が会計する頃には列が短くなっていた。悔しい。何度もふりかえってしまった。

もう、あさってで閉店だ。

明日はスーパー以外のお店も見てみようか。お祭りをながめる気分で散策しようか。

豆腐チゲ。今日は具沢山にして贅沢(ぜいたく)に作ったら、前回作ったシンプルな方がおいしかった。欲張りすぎたか…。

2月27日(土)

家でのんびりの日。

昼、明日で閉まるのでサクとデパート内を歩く。人が多くいた。会社通勤用のバッグがなかったので、3割引きのバッグを買ってあげる。

3割引きのチタン製のしゃもじがあって、しばし見つめる。「それはいいですよ。私も使ってますが一生ものですよ」と売り場のおじさんが言っていた。私は実はしゃもじはたくさん持ってる。先日も新しいのを買ったばかり。ごはんがくっつかない進化タイプ、という触れ込みにつられて。でもこれもよさそう…。しばらく考えて、戻す。

スーパーのレジが混んでいたので、お昼ごはん用に専門店で牡蠣(かき)・煮あさり・うなぎの3色弁当を買って帰る。

今日、小学生の頃のことをふと思い出した。れんげ草が咲いていたので春だったのだろう。友だちと田んぼの花や蜂を見て遊び、いつのまにか隣の村まで来ていた。とても疲れた。その友だちの親戚の家があるというので、その家に行った。おばあさんがいて、お昼ごはんを出してくれた。おかずは鶏のささ身が生のまま、切らずにそのまま出てきた。私はそういう状態のささ身肉を見たのは初めてで、食べようとしても嚙み切れず、とても困った。という思い出。

2月28日（日）

プールに行って、静かに浮かぶ。

スーパーは今日で最後だ。

おっとりトモちゃんが「傘と日傘を安売りしてるって」と言うので、プールで会ったQPさんと一緒にデパートを見に行く。3300円の折りたたみ日傘をひとつ買った。買ってから、折りたたみじゃない方が好きだったことを思い出した。

地下のスーパーの様子を見に行く。レジに人がものすごく並んでいた。どの列も長い蛇のようにくねくねと3折りぐらいになっている。ここでこんな長い列は初めて見る。

スーパーから出て、ぐるっと一周。にぎわっているところ、わりと閑散としているところ、さまざま。

専門店の様子をチェックする。干し海老と干しオキアミをなんとなく買ってしまった。昨日サクが、「オキアミは魚釣りの、いつものエサのイメージがあるからあまり食べたくない…」と言ってたから私ひとりで食べよう。

買ってからわかったけど、昨日あった3個セットの方が安かったなあ。

なぜいつも、買った後に気づくのか。

2月28日の日曜日。今日は2月最後の日だ。

天気がいい。おだやかな青空が広がってる。

ぼんやりする。

午後6時。

7時にスーパーを含むデパートが閉店する。開店して26年とのこと。

QPさんも終わりかけに行くかもと言っていた。少し前からワインを開けて、いい気分の今。ちょっと行ってみよう。特に買いたいものはないけど終わりを見たい。

スーパーへ。やはりにぎわっていた。レジに人が長蛇の列。

カゴを手に持ち、ふらふら歩く。もう棚に品物はほとんどない。きれいさっぱりだ。

たまにある安いのをちょこっとカゴに入れる。トマトが最終で安く売られていた。

カレー、バナナチップス、削り節、牛肉、鶏肉など。なんとなく思いにまかせてカゴに入れる。

列に並ぶ。

どんなに長くても、今日はいい。最後だもの。

あの歌が流れてきた。

「さよならじゃなくて、またね」

グッと、泣けてきた。

店長さんのメッセージも流れた。15人ほどの社員で1行ずつ歌いました、という。

あの貝売り場の、貝のくるみボタンのおじちゃんもいた。最後に、何か声をかけようかと思ったけど、かけなかった。最後まで貝をカチカチ叩き合わせてる。

私は列に並びながら、なぜか涙が止まらない。

「たこ焼き食べたら思い出して、たい焼き食べたら思い出して」と、歌が流れる。

最後の「しじみを食べたら思い出して」って、なんていい歌詞。

しじみ、よく買ったよ。あのおじちゃんから。たまに数個、おまけしてくれたよ。

レジはなかなか進まない。

でもいい。進んだら、終わるから。できるだけのばしたい。

ついにレジに到着し、会計してもらう。

あのたどたどしい若いおにいちゃんだった。最後に、初めて私の目を見て「ありがとうございます」とハッキリと言ってくれた。

私も「ありがとうございます」と頭を下げる。

そこでまた、グッとくる。

泣きながら商品をバッグに入れる。この泣く理由はなんだろう。

エレベーターへ向かって行くと、肉売り場のところに従業員さんたちが30人ほど集まって輪になっていた。これから最後の挨拶(あいさつ)なのだろう。その様子にもグッとくる。

私は泣き続ける。なにを見ても美しいところが響く。


しばらくして、サクが帰ってきた。

そして、動画を見せてくれたんだけど、それは今さっき、そこの広場で従業員の方たちが集合して記念写真を撮っていた場面。

それを見て、また泣けてきた。なんでこんなに泣けるのだろう。

QPさんからも最後の挨拶の場面の動画が届いた。QPさんも泣いたそう。

3月

3月1日（月）

二日酔い。

昨日はかなり飲んだ。買い物したのもうろ覚え。冷蔵庫を見て、あら、トマトなんか買ったんだ。牛肉も、鶏肉（とりにく）も、カレーも、と驚く。バナナチップスは半分食べてる。

二日酔いなのでぼんやり。会計作業をする予定だったけどプリントアウト作業だけして細かいのは明日にしよう。

午後は映画を3つ見た。「記憶の夜」「雨の日は会えない、晴れた日は君を想う」「ザ・シークレット　希望を信じて」、うーん。

で、夜。最後におもしろいドラマを発見した。「ジ・オフィス」（2話見て、飽きた）。

3月2日（火）

ひさしぶりの雨模様。

そういえば去年、カーカが免許証を更新したと写真を送ってくれた。青い背景に青い服だったので「ママと同じ挑戦したの？」と聞いたら、「なにそれ」と聞くので、教えてあげた。

「ママは運転免許証の写真撮影の時、背景の色に合わせた青い服を着て行って、まるで首が宙に浮いてるようにしようとしたんだよ。でもちょっと色が薄すぎたの」

カーカの方が色が近いわ。

…という話をサクにも話したら、おととい免許更新に行く時、サクもそれに挑戦しようと思ったみたいで、わざわざ青い色のシャツを買いに行ってた。

「これは？」と買い物途中の店からシャツの画像が来たので「ちょっと緑がかってる」などとアドバイス。3枚目でよく似た色味の青いポロシャツを見つけてた。

で、夜、帰って来て新しい免許証を見せてくれた。

なんと！　いちばん色が似ている。

「いちばん成功してる！」と私もうれしかった。

ネットでダイニングテーブルと姿見の買取の見積もりをお願いした。メールに画像を添付して。すると、「うちでは扱えません」という返事。けんもほろろに。ブランド品じゃないとダメみたい。

ちょっと気分が暗くなった。なんか悲しい気持ち…。見積もりになんか出さなければよかった。けっこう高かったのに。宮崎でいつか利用できるかも。買い取られなくてよかったわ、と思うことにする。

3月3日（水）

ひな祭りで、サクの誕生日。

今朝の音声ブログ「静けさのほとり」で、「私の前に現れた私の苦手な人」について話す。あと、「常に新鮮な気持ちでいつも会う人を見る」という言葉が今朝浮かんだのでそれも話す。

プールに行って静かに歩く。今日はプールのシャワールームの電気系統が故障したそうで真っ暗だった。

サウナに知ってる人が何人かいた。スーパーが閉店して残念だねと話す。もう看板も取り外されていたよと聞いたので、帰りに様子を見に行く。看板とガラス窓にシートが貼られていた。ただの休業日とは違う。本当に閉店したんだ。

公園を通って帰る。

水仙とクリスマスローズ、沈丁花が咲いていた。

夕方から、ゆっくり時間をかけてから揚げを作る。3日前に買った鶏肉を使わないと、と思い。

東京タワーはひし餅(もち)カラー。

好きなことを好きなようにさせてもらえた時に感じた喜び。好きなことを好きなようにさせてもらえなかった苦しさや、嫌なことをさせられた苦しさからも、私は好きなことを自由にできる喜びを学んだ。

3月4日（木）

「トイレ掃除をするとお金が入ってくる」という巷(ちまた)で有名なスピ系格言（なのかどうか）、今まで何度も聞いたことがある。

最近私は引っ越しに伴い、いろいろなものを磨いたり掃除したりしているので、トイレも、クリームクレンザーを使い切りたいという理由で少し前から毎日、掃除していた。たらりとクレンザーをたらして、クルクル磨く。

臨時収入があったらうれしいが（そのお金というのは予定外のお金で、しかも貯金できるお金ではなく使うお金らしい）。

そして常々私は思っていた。ブラシタイプのトイレ掃除ブラシが嫌い。水撥(みずは)ねしそうで。丸いドーナッツ状の座面っていうのか、あの丸いところの裏を掃除するのに使いやすいのがいいのだが。

で、好きなブラシを買いたいと急に思い立って、昨日の夜中、ベッドからむっくりと起き出して、アマゾンで調べた。

いろいろ見て、最終的に決めた。ブラシタイプではなく、シリコンゴムのようなものでできたやつ。試しにこれでやってみよう。

それを注文したら、アマゾンは夜中でも配送の作業が進むので、今朝、届いた。早っ！　後で使ってみよう。

それから私は紙物が好きで、マスキングテープも大好き。で、数種類、買ってしまった。丸いシールのと細いインド模様。


プールへ。

今日も静かに歩く。

ヒマだわ。

本当はジムになんて来たくない。私の人生を生きたい。でも今はしょうがない。

なのでのんびり歩く。

屋外ジャグジーに入っていたら、以前からちょっと苦手にしていたおばあさんが入ってきた。前に泳いでてぶつかってきても特に何も言わなかった人。

でも、もう引っ越すからなあと思い、話しかけてみた。そしたら普通だった。反応が薄かったのは返事に時間をかけているからかもしれない。そしてすこし耳が遠くていらっしゃるのかもしれない。時々通じないところもあったけどにこやかに話せてよかった。

「ここがお休みだと一歩も外に出ないから。動かないとすぐに疲れやすくなるの」とおっしゃっていた。

「私もここがお休みだった二日間は一歩も外に出ませんでした」と話す。

午後。

サクの新居用の照明の傘に和紙を貼る。これは、私が考えたリサイクルアイデア。使ってないシェードの再利用。でも…和紙にボンドの跡、すき間、手作業の粗さがちょっと目立つ。「もし嫌だったら、新しいのを買ってね」と言っとく。

昨日から聞いてるおもしろいスピ系の動画で知った、名前のアナグラムの話。

自分の名前をアナグラムにすると、人によっては生まれてきた使命のメッセージが現れる、という。例えば、斎藤一人（さいとうひとり）さんは「悟り言う人」。

「へ～っ！」と思い、私も自分の名前をひらがなで書いて、いろいろ組み替えてみたらすぐにこれに落ち着いた。
「君も誠や」(関西弁)
関西弁、というところがツボ。
私流に解釈すると、「私も、あなたも、みんなそのままで正しい」。

3月5日(金)

名前のアナグラム、昨夜寝る前にベッドの中で、ペンネームでもできるかな…と考えた。ぎ、ん、い、ろ、な、つ、を。

朝起きて、紙に書いて、しばらく考える。

できた!

「異論をつなぎ」

さまざまな異なった考え方をつなぎ合わせる。いいね。

トイレブラシ、使ってみました。けっこう硬い。思ったよりも使いにくかった。すごく。799円。うーん。これじゃないなあ。

今日の「ほとり」で「トイレ掃除をするとお金が入ってくる」について話していて、

ハッと思うことがあった。「私はトイレ掃除は頻繁にしていますが…」という女性の言葉を読んだ時だった。

うんうん。うん？

この方の言うトイレ掃除とあの格言のトイレ掃除は違う意味のはずのトイレ掃除だよね。…うん？　そんなはずない。同じだ。同じトイレ掃除のはず。外のトイレ、他人のトイレ、素手で掃除する…などなどバリエーションはあるとしても…。

そういえば、トイレ掃除をするとお金が入る…ということを言ってる人って、普段トイレ掃除をしていなかった男性に多い気がする。トイレ掃除をすることが特別なこと、という認識の人。きれい好きな女性で毎日チャチャッとトイレ掃除する人って普通にいる。それをわざわざ「トイレ掃除をするとお金が入ってくる」と、特別なことのように言い出したのは、それまでトイレ掃除を日常的にしていなかった男性ではないだろうか。

それに気づいて、なんだかニヤッとした。

3月6日（土）

今日から家族旅行。

最初は仙台（せんだい）と松島（まつしま）に行く予定だったけど、まだ交通網が完全ではないということなので変更して、以前から興味のあった富山市へ行くことにした。

北陸新幹線で富山市へ。乗客はやはり少ない。

気温を調べたら11度で雨模様。

着いたら寒かった。

カーカがおいしいお店を調べたので、今日のお昼のお寿司と、明日の夜の和食屋さんは予約してある。

お寿司の時間前にホテルへチェックイン。富山城址公園前にあるホテル。


タクシーでお寿司屋へ。入口で開店まで待つ。有名なお店みたいで、真っ赤な服を着たとてもわがままな女性がいた。その人と遠い席でありますようにと願ったらカウンターの端と端だったのでよかった。とろりとした甘えびなど、まあまあおいしかった。

食後、富山市ガラス美術館へ。さまざまなガラスの作品を見る。すごいガラスのオブジェ。

併設のカフェで甘酒でできた飲み物を飲んでホッとする。

お団子やパンを買いながら街歩き。寒くて、人もいなかった。デパートの食品売り場を見て、帰りにお土産で買いたいものを物色する。

夕方から休憩して、夜、9時過ぎ。

晩ごはんをどうするか。電話したらどこもいっぱいだった。どうやら予約客のみの対応のところが多いみたい。で、これはもう外に出て、歩きながら開いてる店に入った方が早いんじゃないかと、外に出る。外はきーんと寒かった。

薄暗がりを歩いて、開いてるお店があるあたりに着いた。そこで、何軒かある中で、生ガキやアヒージョの看板のあるスペインバルみたいなお店に入る。お客さんもいて、若い人が多く、気軽な雰囲気。煙草可で匂いもするが。

気楽に食べて飲んで、帰りにコンビニでここならではのつまみを見つけて買う。「トリュフ香る白えび干し」など。

3月7日（日）

今日は晴れてる！

うれしい。まず、有名なマカロンのお店に開店後すぐに買いに行く。歩いて行ける距離だったので。するともう人がいっぱい。すごい。3人で、10個、5個、5個を迷いながら買って、いったんホテルの冷蔵庫にしまう。

それから今日のお昼はレトロな喫茶店でオムライス。

24時間で500円の自転車を借りて、手が冷たい〜と言いながら走る。この自転車は便利。あたたかい季節にまた来たいなあ。

富岩運河環水公園を見て、電車で岩瀬浜へ。海は風が強くてとても寒かった。カフェで紅茶を飲んでから、趣のある街を散歩して、カーカが酒蔵で日本酒を買って、最後は暗い公園で時間をつぶし（この時はわびしい気持ちに襲われたけど）、予約していた人気の和食屋さんで食事する。とてもおいしく、日本酒もおいしかった。

3月8日（月）

駅でお土産をいろいろ買って帰る。両手にいっぱい。お昼は白えび天丼を食べたのでブラックラーメンは食べ損ねた。

富山市、とてもよかった。すばらしい街だった。次に行ったら、もっといろいろ見てみたい。近郊の町にも行ってみたい。

家に着く直前、広場に魚の販売車が。あ、これか。3月から月曜と金曜に豊洲から来るという。ちょっと見てみた。ひとり分のお刺身やあさり、干物、ぶりの醤油漬け、鮭など。おいしそう。値段も高くない。こんど買いにこよう。

3月9日（火）

旅行の次の日はいつもぼんやりしてる。

なので静かにすごす。

『つれづれ㊴』のカバーや口絵が来ていたので、チェックして変更の指示などを書いて送る。それから荷物の片づけなど。サクがなかなか「やって」と言うことをしてくれないのは、私が急ぎすぎなのか、サクがのんびりしすぎなのか。

夜。２つの箱の中の、いるものといらないものと宮崎に送るものを分けさせるために、床に全部並べた。そこまでやると、やっとやってくれた。

3月10日（水）

いい天気。

今日は順位戦の日。藤井二冠VS中村太地（なかむらたいち）七段。１年前から準備してきたという中村七段のじっくりとした粘りで13時間半の熱闘の末、藤井二冠の勝利。終わったのが夜の11時半だった。ふう。

荷物の整理をちょこちょこしながら見る。

3月11日（木）

今日もいい天気。

読者の方からいただいた大佐和（おおさわ）のくき茶を飲みながら、ホッとする朝のひととき。

起きがけに考えていたことは、引っ越したら心のまま、魂のままに生きよう、ということ。今までいちばんそうできる環境になる。

そして引っ越しという変化を利用して、新しく知り合う人との関係を慎重に構築したい。好きな人とだけ接することを心がける。そのために人づきあいがたとえなくっても満足した気持ちでいられるように、興味の対象をまわりの状況に容易に左右されないものにする（庭や畑ということ）。

人間関係を含め環境は自分を反映するのだから、私が今、どのような段階にあるのか、それがわかるのも楽しみ。

手作りのこと。

つい子どものものを手作りしてたけど子どもは嫌だったかも…という話をしたら、読者の方たちからコメントいろいろ。

「子どもの頃、親が手作りしてくれて、ぱんつまで繕ってくれていやだったけど、大人になって思い出すのはそういうものばかり。今は感謝の気持ちでいっぱいです」「やぶれた唐笠(からかさ)で息子の電灯カバーを作ったばかりです！」「私は細かい作業が苦手なので、手間ひまかけて手作りできる方を尊敬しています。自分ではマネできないのに、作り出す過程の話を聞いているとワクワクして力をもらえます」

大人になってじわっと効いてくる親の愛情ってある。

親子じゃなくても、時間がたってわかる愛情ってある。

3月12日（金）

なんか、いろいろ見てると、やっぱり恐怖心をあおるものが多く、つい興味を惹(ひ)かれて聞いちゃうけど、ああ、なんかな…と思う。

頭を2、3回、パッパッと振ってとばす。

朝、外の気温をみようと窓を開けた。

その時、隣の家の人の頭が見えた。なのでそっちの方を見ないようにして気温を調べる。あとで隣の家の方を見たらカーテンが途中までしまってた。お隣のリビングがここからよく見えるのです。

サクが12時ごろ起きてきた。

「今日は遅いね」

「ピアノで2度寝したから」

朝の8時から上の部屋のピアノの音で眠れなくなったそう。

サクの部屋にオレンジ色のステンレスの棚がある。それは以前私が使っていたものの使いまわし。その棚は棚板の間隔が広く、側面の板とのあいだにすき間が2センチぐらいあいていてとても使いにくい（そのすき間は段ボール紙を折って詰め、ガムテープで止めていた）。なのでそれはもう宮崎へ運んでガレージで使おうと思ってる。で、そのオレンジ色の棚の中身を出して、出してと私は早くから言っていた。でもなかなかやってくれない。それほどたくさんはないのですぐにできそうなのに。今日もそのことを言ったら、「それをやったらもう引っ越しって気がするから…」という。なんだ。そうだったのか。気持ちがわかる。

だったら先に服の整理をやろう。

午後、プールへ。なんだか人が多い。春だからか。春になったから。

ゆっくり歩いて、サウナにも入り、出る。ロッカールームにちょっと苦手なおばあさんがいたけど、目が合ったので話しかける。

「これから魚の販売があるので行くんです」

「あら、どこで？」

「すぐそこの広場。お刺身とかひとり分ずつあっていいですよ」

「いいこと聞いたわ」

引っ越すと思うともう平気。かえって今まで敬遠していた分、親し気にしたいと思う。


魚の販売車、いたいた。人も少し並んでる。

見てみると、いろいろおいしそう。しじみ、ネギトロ丼用まぐろ、もずく、めかぶ、ホタテのお刺身、たこぶつ、を買う。他にも心惹かれるものがあったので、また月曜日も来て買いたい。

今、うちの冷蔵庫には買いだめして冷凍しているお肉類がまだたくさんある。干したきのこ類もトマトも。それらを全部食べきれるか。とても緊張する。きれいに食べ終えたい。野菜はほとんどなくなってきたので青い葉っぱの野菜をそろそろ買わなければ。

今の私の感じ。

体の古い表面が裂けて、中から新しい体が飛び出そうとしている。より中心に近い中身が。

3月13日（土）

先生という教える立場の人々が持つ、ある何か、が苦手だと気づく。

朝、陸前高田市の津波伝承施設に勤める女性のニュース映像をみる。中学3年生の時に釜石で震災にあったのだそう。「釜石の奇跡、石巻の悲劇」と比較されて語られる石巻の大川小学校の跡地を訪問し、保護者の方たちと交流している場面が映った。長い間感じていたといういろいろな思いや葛藤を話すのを聞いて、私も泣けた。

震災後、読者との交流会でカーカと仙台に行った時のことを思い出した。次の日、石巻に電車で行って小高い丘の上の公園から石巻の町をぐるりと眺めた。タクシーで回って、折れ曲がったガードレールや、大きな看板が道の真ん中にころがってるのを見た。海沿いにズラリとつみあげられた車の列を見て驚いていたカーカ。

今日は知人とランチ。

先月、スーパーでばったり会ったジム仲間のミステリアスなグルメ女史。ちょっと先輩。グルメ女史はここ最近ジムを休会しているので会ったのはとても久しぶりだった。私が3月で引っ越すと話したら、じゃあランチでもということになり、近所のイタリアンへ。

約束は12時。

このところずっと晴れだったのに今日は雨。しかも一日、降り続くそう。傘をさしてトコトコ行く。

女史はもう席に着いていた。着物だ。

「わあ。素敵だね」

そういえば女史は着物をよく着ていると聞いていた。

しまいこんでいてもしょうがないから、これからは着物を普段から頻繁に着ようと思うと言っていた。それ以外にも、これからはもっと気楽にのびのび生きたいわ、と。

コロナ自粛中、かえってひとりで快適に過ごせたそう。

「着物人生…、もうそれだけで価値があるよ。みんなに夢を与えるよ」と伝える。

前菜が花束みたいにきれい。メインのお魚とお肉はそれほどじゃなかったけど。

フリースパークリングにしたので結構飲んだ。女史はお酒が強いので、つられてどんどん飲んでいた。ふたり合わせて1本以上飲んだと思う。

3時に出て、女史行きつけのワインバーに行かない?と言う。そこは前に一緒に行ったことがあるお店。

「うん」と私もすっかり気分がよくなってる。

グルメ女史の傘。

「あ、唐傘!」と言ったら、「蛇の目って言って」。

その小さなワインバーはコロナ自粛の今、週に何回か午後3時からお店を開けているそう。他にお客さんはいなくて、薄暗くて落ち着くカウンターでゆっくりのんびりワインをいただく。白、赤、赤とグラス3杯飲んだ気がする。つまみに生ハム、フルーツトマトとスナップエンドウのサラダ（それに使われていたリンゴ87個分が凝縮されているというアップルスウィートビネガーがおいしかった）。チョコレートとカカオ豆。

「来てくださってうれしいです」と店主もいろいろ大変そうだった。グラスをピカピカにする拭き方を教えてもらう。濡れてるうちにキュッキュッと拭くんです、って。ここは私がおごる。

5時になり、出たら、「隣のお寿司屋に行かない？」と言う。そこも前に一緒に行ったことがある女史の行きつけ。5時開店で、開いてるかな？と入ったら、少しだけならということなので、あるものをつまみに出してもらいながら飲む。私も気分よくなっているので、そこでも気ままにつまんだり、たしかウニの握りを食べた気がする。うろ覚えだけど。白ワインを1本空けて、そこは女史がおごってくれた。味をうろ覚えなのが悲しい。

2時間ぐらいいた気がするが、はっきりとは覚えてない。

家に帰って、バタンと寝たような…。

3月14日（日）

二日酔い。

もう禁酒しよう…。

フーフー思いながら午前中はぐったり。ベッドでウトウト。昨日の夜は、ひとりボトル2本ぐらい飲んだのではないかな。女史は強いから向こうが多かったとしても…。ああ。

午後、リフレッシュしにプールへ。水の中を歩きながらゆっくりリラックス。ちょっとずつスッキリしてきた。

もう飲まないぞ。

途中から抑制できなくなるからなあ。

まるちゃんが来た。こんな時間に珍しい。月曜と金曜の午後4時から近くの広場に豊洲の魚屋さんが売りに来ますよと教えてあげた。「そうですか。でもその時間は仕事だなあ」と残念そう。

「仕事を抜け出して買いに来るかな」と言うので、「そこまでしなくても」と言う。

「冷凍庫にお肉とか買いだめしてキチキチに詰めたんですけど、引っ越しまでに食べきれないかも」と話したら、「僕も肉をたくさん冷凍しましたよ」と言っていた。

家に帰る。やっと頭がハッキリしたので女史に昨日のお礼をラインする。

着物人生バンザイ！と。女史は、今朝も普段と同じように早朝のラジオ体操に参加してウォーキングしてきたそう。すごい。

アップルスウィートビネガーを注文する。

3月15日（月）

いい天気。

朝、「ライフ」に野菜や牛乳、玉子などを注文する。12時～2時の間に配達してくれる。ついついかわいい箱のティッシュやバター小豆（あずき）パンも買ってしまった。

アップルスウィートビネガーがもう来た！

ついでに買ったもの。タイの蜜蠟（みつろう）のワックスラップ。3枚。使い捨てのラップ代わりに、できるだけ活用したい（まだ使ってない）。

電子レンジ用の丸く硬い蓋（ふた）は大きさ違いで4枚もっていて何年も前から愛用してい

る。銀行の景品かなにかでもらったような…。一部分溶けたりしてかなり使用感がでてるけど助かってる。

夜。

急にお財布に目が行く。

10年か11年使ってるこの長財布。色はサーモンピンクなのになんだかとても黒ずんでる。特に開け閉めするときのボタンまわり。ここ、こんなに黒かったっけ。

まじまじと見て、クリーナーで掃除しようと、クロゼットから革製品用のクリーニングセットを取り出す。拭き取り用の白いクリームを開けたら、それはもう固体のクリームではなく、液体の油に変化していた。あら。とりあえず付属のスポンジ(これも相当劣化していた)につけてこすってみる。汚れがとれた気がしない。それどころかますます黒くなった気がする。他にもあれこれやってみたけど、きれいにならない。

客観的にじっと見てみた。この財布はかなり、汚れてる。

さっきまで全くなかった財布を買い替えようという気持ちが急にわいてきた。

で、ネットで画像をいろいろ見てみた。私は財布に興味がない。

なんとなく見ているうちに、デザインも色も特に好きじゃなかったけど、柔らかさ、薄さ、スマホ入れが付いている、という3点で、ある財布に決めることにした。8色ほどある中に好きな色はない。春財布という文字を見て、春っぽく明るいコーラルピンクにした。注文生産で4月に届くそう。楽しみ。軽やかになったお財布で軽やかに日々を過ごしたい。

3月16日（火）

今日の東京の気温は23度の予想で、5月中旬並みだって。すごい。桜が一気に咲きそう。

荷物の片づけはここにきてなかなか進まない。というのもサクの作業が進まないから。サクが持っていく荷物はできるだけ少ない方がいいと思うので、服を厳選してほしいのにまだやってないし、趣味のクレーンゲームの景品がたくさんある。「フィギュアは宮崎に送ることにするよ。もう取ってこないで」と言ったら、最近はお菓子をよく取ってくる。「ゆっくり食べるから」なんて言いながら。冷蔵庫にもテーブルにもお菓子の箱と袋が増えていく。

あーあ。

それから先月、買いだめした食料。冷凍庫の肉や魚。明太子（めんたいこ）スパゲティ、鶏（とり）のから揚げ、買いすぎて、この分では食べきれない気がする。

エビチリ、豚しゃぶ、アジの干物、ポークソテー、トマトスパゲティ、ぶりの照り焼き、ワンタン、五目チャーハン、などが作れるけど、サクはなかなか家にいない。

ひとりでこれを…。

お昼、キーちゃんと中華ランチ。次にいつ会えるかわからない。もう会えないかもしれない。でも変わらずいつものように気ままに話す。

夜は、冷凍庫の中身を減らすべく、イカとホタルイカと小ネギを解凍してお好み焼きを作る。

3月17日（水）

今日もいい天気で暖かい。

今朝の「ほとり」で話しながら気づいたことがあった。世間的成功と個人的成功は違う、ということ。かつていろいろなことに挑戦した時期があって、そのほとんどがうまくいかず、結局今はもとのひとりでできる仕事だけを続けている。

そのうまくいかなかったというのは、たとえば、赤字だった、事業が広がらなかった、人とトラブルが起こった、続ける気持ちがわかなかった、というようなこと。

それは世間的には失敗と言われるようなことだろう。

でも今の私が解釈すると、私には自由で縛られないというのがいちばん重要で、もしそれらのどれかが成功していたら、関わっている人がいる以上、勝手にやめることができなくなってしまい、責任感とジレンマで苦しくなっていただろう。

私はやめたい時にやめられないのがいちばん苦しい。やめたいと思ったら、すぐにやめたい。それも、その時にだれかに迷惑をかけたり、悲しませたりしないでサッと。だからいつもひとりでやることが好きだったし、人にお金を出してもらわないのが好きだった。自分の意思でいつでも急に決定、変更できることを、人に迷惑をかけずに、やっていきたい。

経験はしてみたかった。好奇心があったから。いろんなもの、人がしているものを見て、どんなものかなと興味をもっていた。ほんのちょっとでいいからかじってみたい。ほんのひとカケラ味わえたら、それでなんとなく想像できるし、満足する。ちょっとでいい。

成功する（継続する）という足かせをはめられない最初の一瞬だけを体験して、やめることができたのは、社会的には失敗かもしれないけど、自由なままで体験したいという私の人生にとっては成功だったと思う。というか、その形しか、たぶんありえなかった。私のしたいことを体験するには。

そういう「体験したい」という人生の時期が3年前に終了した（終わったと感じた）。体験期中、私は、「人生は長いなあ、長いなあ」とうんざりするような気持ちで思っていた。それが終わって、今は「本当によかった〜」と胸をなでおろしている。もう体験修行をしなくていいんだ。ホント、修行ってかんじだったんです。それとか学校のカリキュラム。

これからはもうまわりに目移りせず、本当に好きなことができる。魂のままに生きられる。本当に楽しみ。これからが私の人生の真の部分。

で、ピークは最晩年に。できれば死ぬ瞬間。


プールへ。ひさびさ。

ゆっくり歩く。まるちゃんが来た。

今日は暖かい、桜が咲き始めるかも、と話す。

お風呂やサウナに知ってる人がけっこういて、みんな和やかに話してる。こういう話を聞くのももう最後、と思いながら。内容にはやはりあまり興味がなかった。正直、住んでる世界が違う。

家に帰って、冷凍庫の中からアジの干物を出して焼く。それと豆腐のお味噌汁と納豆。

3月18日（木）

昼間はサクと服の整理。床に広げて、いるものといらないものを分ける。

クロゼットに収まるようにできるだけ少なく。

冬物はかさばるので、それをどうしよう。圧縮袋に入れるか…。でもしわになるよね…。途中まででいったんやめる。続きは後日。


夜。ユニークなスピリチュアルSちゃんとご飯。

お店は、1月に一緒に行ったSちゃんおすすめの駅前のレトロな和食屋さん。

フレッシュなメロゴールドを使ったという本日のサワーがジュースみたいでとてもおいしくて、3杯おかわりする。

食べながらいろいろ話した。

まっとうな真珠が欲しくて日本中を探し回り、和歌山でやっと見つけて購入したという真珠、2個。それを加工してくれる人をまた探して、出会ったネイティブアメリカンに関係するアイヌの職人さん。できあがったバングルには深い意味のありそうな神話風の絵が描かれていたそう。ちょっとうろ覚えだけどそんなことを言っていた。なんとなく尋ねたことにもおもしろいエピソードが満載で、最後まで全貌のつかめないSちゃんだった。

3月19日（金）

昼は食料食べきりのためのメニュー。

簡単エビマヨとワンタン。エビマヨは余っていたホットケーキの素を使って、揚げずに、フライパンで焼いて。ワンタンの具は豚ひき肉とキャベツ。ポン酢で。

食べながら、サクにこれからの生き方アドバイスをする。

「サク。これからの日本は発展が見込めないかもしれないよ。経済や人口などのさまざまな方面で縮小していく可能性が大きいから、これからの生き方の心構えとしては、今の目の前の小さなことでも幸福を感じる、満足を覚えるような人になることだよ。趣味の釣りでもギターでも、今やってることで楽しく思えること。世の中の動きにかかわらず、自分が幸せだと思えるような生き方、考え方。世の中がどうなっても、社会の動きに翻弄されずに、政治や経済があっちこっちバタバタふらふらしても、自分の毎日の日々に満足できれば人は幸せなんだからね。今に幸せを感じられる生き方、だよ」

（と思うのは若者には早いか？とあとで思ったが、挑戦と同時にそのような考え方も身につけていて欲しい。でもまあ、私が何を言ったところで、若さは若さ、サクはサク、人はその人らしく生きることになる）

「うん」

見ると、サクが最後の一口を残して休憩してる。いつもそう。最後に一番好きなものを食べる。肉とか。今日は全部の皿に一口ずつだ。ワンタン、エビマヨ、きゅうりの浅漬け、ごはん。

午後、サクと区役所の出張所に転出届を出しに行き、春からのカジュアルスーツというのか、会社に着ていく服を買いに行く。

出張所で思った以上に時間がかかり、30分以上待った。待ってるあいだに、またサクにアドバイス。

「サク。人の考え方は簡単に変わらないから、人を変えようとせず、自分の見方、受け止め方を変えるといいよ」

「うん」

結局、時間がなくなり、服を買うのはあきらめる。でも駅ビルに軽く下見に行くことにした。こういうのかなあ…とメンズショップを見る。面倒なので、自分で買ってよ、放っといてもいいか、とも思う。まあ、できる範囲で関わって、最後は自分でね。

それから無印良品に行って、新しいベッドシーツを２枚と枕カバーを購入。これは新しくしたい。

これから高校時代のバンド仲間と会うというので駅で別れて、私は自分で食べるちょっとしたおいしいものなどを買う。

そうだ。明日の朝のパンも買おうか。ベーカリーを一軒、二軒、見る。どのパンを見ても買う気にならない。これも違う…、なんかピンとこない…。あきらめる。最終的に、近所のお店で食パンを購入。

広場で魚屋さんが魚を売ってた。大きな蛤（はまぐり）が１個２００円。あまりにも大きくて、３個買ってしまった。蛤の色がそれぞれに違っていたので、「きれいですね」と言ったら、「ほぼ原価で出してます」とお兄さん。

家に帰ってのんびり幸せ気分でシャンペンを飲みながら蛤を焼く。

むむ。

東京タワーがいつもと違う色味。

調べたら、「ブランド１００周年を迎えるグッチが、グッチを象徴するカラーと桜色のスペシャルなライトアップで彩ります」とのこと。プロジェクト名、「GUCCI HANAMI」。スマホのカメラをかざすとお花が降りおりる、というのでやってみた。

うちから見える1・5センチほどの大きさの遠くの小さな東京タワーでも大丈夫かな。

大丈夫でした。お花が降りおりました。たどたどしくもかわいく。花は桜ではなく菊みたいな形だけど。

3月20日（土）

大失敗。

昨夜、ゴムベラの黒カビを取るためにキッチンハイターにつけて台所のシンクに置いていたら、使っていたアルミのボウルが変色してるではないか。ショック。これにハイターを入れたらいけなかったんだ。

朝になっても東京タワーにお花が降るのかなあ…と思い、朝の東京タワーにスマホを向けたら降ってきた。まだ降ってたわ。

昼は、明太子（めんたいこ）スパゲティ。

午後はゴロゴロ。

夜はから揚げ。あと、ついでに、冷凍庫にあった鶏むね肉の叩いたものを解凍したらぐちゃぐちゃになったので、それに小麦粉と玉子を混ぜて揚げたら、なんともぷくーん、ふんわりとしたおいしいものができた。めんつゆで食べたらさらにおいしい。

これは発見。

3月21日（日）

今日は雨。

寝違えたようで首の左側が痛い。

痛い痛い。うう。痛い…。悲しい。寝違えるなんて。

「痛い痛い」と起きてきたサクに訴える。

朝はチーズホットサンド。

朝、武田邦彦・宮沢孝幸両先生の「超コロナ対談」がライブであったのでいそいそと見る。宮沢先生の話に笑った。最後に先生の本の紹介をしていて、「僕、暗いんですよ」「人類は絶滅します」「だから最後はどよ〜んです」と言ったところなど。その本、読んでみたいわ。どよ〜んとなった後に、楽しくなりそう。

「希望を失ったわけではなくて次の星に行きますから」とも言っていた。

首が痛いのでプールはやめて家にいよう。少しずつ片づけをする。

最後の3日ぐらいで一気に進むつもり。

夜は、チキンライスにしよう。


昨日、動画をぼんやり見ていて、ふと目についたものがあった。

居心地のよさそうな部屋、薪(まき)ストーブの前で何かを語っている男性。その人が座っている安楽椅子に巻かれた毛布。なぜかどうも心惹(こころひ)かれる。これはどこかのブランドのマークだ。よく見る。なんだっけ。このお花のようなマーク。

ネットで調べたらわかった。その毛布をブランドの公式オンラインショップで探す。あった。ついでに他のも見ていたら、かわいいバッグを見つけた。それにも妙に心惹かれる。不思議。今までブランド品に興味なんてなかったのに。でもそのブランドだからというのでなく、パッと見て心惹かれたからいいかな。定番の革製ではなく、なんとかってデザイナーの布のシリーズ。布だから長持ちはしなそう…。

値段は、ふたつ合わせて今の部屋代とほぼ同じだった。パーセントで計算したら差額は0・3パーセント。1000円と1003円ぐらいの差。それにもびっくり。来月から部屋代を払わなくてよくなるから記念に買おうかな。

自分への引っ越し祝い。

春。新しい人生への旅立ち祝いか。

サクに「値段が部屋代と同じってことは、これは神様が買えって言ってるのかも」と話す。

私は常々、神様に、「私は疑り深く慎重派だから、根拠が薄いと、気づかなかったり、思い過ごしかもしれない、と思ってしまいます。なので神様、何か私に伝えたいことがあったら、ぼんやりとではなく、はっきりと、私が納得するぐらいに、これでもかっていうくらいはっきりとわかる形で、キッパリ伝えてくださいね！」と言ってきた。

何度もそう伝えましたよね。

このほぼぴったり、というのは私にはゴーサインに思える。

まあ、引っ越してから考えよう。案外、しゅる～んとさめてるかも。

またやってしまった。

ひさびさにメルカリで買った「琥珀（こはく）」のネックレス。安いと思ったらプラスチックだった。あまりにも軽いのでカッターで削ったらサクサク削れた。しまった。アハハ。

「ビッグ・リトル・ライズ2」を見た。見終えた。最後で感動。「君はその雨を見たことがあるか?」が流れて、すべてにジーンときた。女全員、かっこいい。ずっと嫌いだった人さえもかっこよく見えた。

ヤフーニュースで見た映像。防衛大学校の卒業式。卒業生たちが高々と投げ上げた帽子が空中に無数に浮かんでる。その黒い点々に目が釘付け。これはなに?と最初、わからなかった。たくさんの空飛ぶ黒い物体。CGみたいに見える。ナイスショット!

3月22日(月)

首から肩がまだ痛い。うう。

でも昨日よりはましになってる。

読者の方々から寝違えに効くツボやストレッチのアドバイスをいただき、軽くなった気がした。ある一点、ある角度になると「いたたたーっ」となるが、あの一点の筋がどうかなってるのだろう。あの一点。いつそこに触れるかわからない。

トイレ掃除。あれから毎日やっている。「臨時収入、臨時収入」と思いながら毎朝。そう思うと楽しくて、とてもやりがいが出る。いつ、臨時収入が来るか。思いがけない臨時収入らしい。それが来たら、すぐに使わなきゃ。循環させるのがいいというから。臨時収入、臨時収入。

宝くじが好きなサクにも教えてあげた。「今度買った時、トイレ掃除やってみて」サクに、前、「宝くじってさあ〜」とニヤニヤしながら言いかけたら、「言わないで！」と止められた。夢を壊さないでって。続きは「結局損するようにできてるらしいよ」。数少ない当選者以外は。

昼、お好み焼きを作る。サクが30分後に出かけるというので、「間に合わないかも」と言ったら、「食べるよ」というので作り始めたが、大きな丸にしたらなかなか火が通らず、しかもキャベツをたくさん山のように盛り上げたので両面で20分以上焼かなくてはならず、結局、「帰ってから夜食に食べる」と言って出て行った。お好み焼きって、じっくり作るとけっこう時間がかかる。

今日のお風呂(ふろ)では、ゴミ箱を3個、しっかり洗った。木製のゴミ箱で、特にサクの部屋のは、お菓子の袋などを捨てるのでベタベタして汚れがひどい。木製だからあまり水をかけたらいけないと思いながらも、水を入れてゴシゴシ洗った。黒ずみは完全にはとれなかったけどわりときれいになった。ベタベタやシールは取れました。

新しく人と知り合った場合、最初はお互いの言葉の使い方、意味を知る期間が必要だ。それぞれの環境ではOKな言葉も、はじめての人にはきつかったり、冗談が通じなかったり、批判的に聞こえたりする。そういう意味じゃなかったとしても。

真意を知るために、知り合った最初の期間は互いの言葉のすり合わせが必要。その期間を過ぎて、やっと理解しあえるようになる。初期はゴタゴタしたり傷ついたりぎくしゃくしたりするものだ。そこを越えるといい仲間になれることがある、と思った。

3月23日（火）

晴れ。少しずつ寝違えが治ってきた。

今日は将棋の日。竜王戦。

藤井二冠がお茶のCM撮影をした際の映像を見た。芦田愛菜（あしだまな）ちゃんとの対談、本木雅弘（もときまさひろ）との屋外での対談。芦田愛菜ちゃんは聡明（そうめい）でとてもしっかりとした印象。本木雅弘と会話しているときは顔を見ないでずっとうつむいて恥ずかしそうに話していた。

藤井くんって今後、一流の人にしか会うことはないのだろうな、とふと思った。

前に電気スタンドの熱で端っこが溶けたパソコンを、サクが渋谷に売りに行った。重いパソコンを箱に入れて手で持って。

そしたら、「買い取ってもらえなかった…」と帰ってきた。「メルカリで売れば売れるかもしれませんよ」と言われたという。あら〜。

それからふたりでスーツとワイシャツを買いに行く。そのまま釣りに行くというので釣り道具を背負って。

30分ぐらいしか時間がなくて、大丈夫かな…と思いながらスーツ屋さんに行ったら、人も少なくて、「30分で！」に対応してくれた若い店員さんが感じよく、テキパキと進めてくれて無事に買えた。ストレッチのスーツがいいんじゃない？と勧めたら、堅苦しいのが苦手なサクも試着して着心地いいと言うのでホッとする。私も堅苦しい服が苦手。

釣りに行くサクと別れて、荷物を両手にぶら下げて駅ビル内にある小さなスーパーでソースなどを買う。買い終えて外に出たところで、そういえばポイントがたまっていたなと思い、確認する。621円分あった。もう来ないかもしれないから、どうしよう。何か、買おうか。でも荷物も多いし面倒かな、と迷いながら、店頭の品物を眺める。赤い苺が1パック799円。これでも買うか…。

意を決して苺を手に取り、ふたたび狭い店内へ入る。レジが空いていて楽に買えた。消費税をプラスして241円払った。

家に帰って食べたら、それほど美味（おい）しくはなかった。

キャベツを消費するために今日のお昼もお好み焼きにする。豚バラと大量のキャベツをじっくり30分ほどかけて焼いた。

あまりにもお腹いっぱいで、夜になってもお腹が空（す）かない。なので夕食はなし。お昼が遅かったからかな。カレーを作る予定だったけど明日にしよう。

冷凍庫の食材はまだある。たぶんすべては食べきれないけど目ぼしいものは食べられそう。

藤井二冠の勝ち。▲4一銀は、「人間には指せない手」と言われていた。すごい手が出たらしい。私にはさっぱりわからないが。

3月24日（水）

プールへ。これが最後かも。明日も行けるかな。

水曜日はいつも人が少ない。ゆっくり歩いたり、浮かんだり、泳いだり。滝みたいに落ちてくる水で首の痛いところをマッサージする。

サウナで、たまに顔を合わせる女性がいた。話題になっていることを話すこともあるが、もう引っ越すからいいかと思って無言で座っていたら、話しかけられたのでちょっと話す。人って、日常的に顔を合わせる場合は、仲間意識や身の安全のために、無意識に気を遣ってあれこれ軽い会話を交わすものだが、引っ越すとなった私は、本当は特に話すこともないとわかり、もう気を遣わなくてもいいかと思い、そうか関係ってこういうものだなとしみじみ思った。これのもっと離れた関係が旅人だろう。旅人は旅先で人と、必要なことだけを話す。必要なことしか話さない。

人との距離感っておもしろい。


あさって、引っ越し。明日、食器棚と冷蔵庫を廃棄処分にするので、中身を床に出さなくては。冷蔵庫の中身はぎりぎりまでおいとくか。

3月25日（木）

朝9時半に引取業者の方が来た。

出しやすいように玄関までの通路の段ボールなどをよけておいた。重いものを運び出してもらって本当にありがたい。もし私が自分で重いものを運ばなければならなくなったら…と想像しただけで苦しい。本当に感謝して料金を支払う。

終わった頃にサクが起きてきた。

今日は卒業式。

保護者はリモートで見ることができるそう。

ちょっと見てみたら、すでに午前中の最初の学部の式が始まっていて、椅子に座ったはかま姿の女子学生とスーツ姿の男子学生の肩から上が見える。うん？　アップにしてみた。

「あれ！　ちょっと見て！　男子、みんな黒いスーツだよ。黒にしたら？」

サクはおととい買ったストレッチ性のある紺のスーツで行くみたいだったから。

なのにそのまま紺のスーツで行くと言う。

あ、そう…。

トマトパスタの朝食（これも冷蔵庫整理）を食べ、スーツを着て出かけて行った。

私は残りの食材を使って、今からできる限り料理を作る予定。

台所でチャーハンを作りながら、粗塩の容器の上に置いたスマホで卒業式を見学する。サクはどこにいるのかわからなかった（後ろの方に座ってたらしい）。

3時間ぐらいかけて、肉や野菜をほぼ調理し終えた。昨日の夜作ったカレー、チャーハン、豚しゃぶ、ブロッコリーとチキンのサラダ、ブロッコリーと焼き豚のスパゲティ、ミニポークソテー、牛肉と油揚げの佃煮(つくだに)風、ほうれん草のお浸し、焼き豚生姜(しょうが)炒(いた)め。

全部は食べられないかもなあ…と思う。

サクが帰って来た。男、全員黒だったそう。

「そうなんだね…」とつぶやいていた。

「ああいう正式な式典では黒なんだね」と私。

ま、それでも気にせず平気なサクは、…いいと思う。

夜遅くまで、荷作り。

3月26日（金）

6時ごろ起床。

こまごまとしたものを片付ける。

サクの荷物用の段ボールが5個ほど足りない。靴とか、最後のいろいろ。私の方の段ボールが残ってるからそれを使ってもいいけど、引っ越し屋さんに聞いてみよう。

9時に、サクの方の引っ越し屋さんから「着きました」と電話があった。サクが段ボールのことを聞いていた。

担当の、慣れていそうなお兄さんが部屋に来た。そしてまず打ち合わせ。そして、「段ボールと急に言われてもないことがありますので、必要な時は事前にお知らせください」と注意された。「すみません…。最後になってわかったので…」「足りなくなったら取りに行かなくてはならなくなるんですよ」「あ！　だったら私の方でどうにかできますのでいいです」「いや、もう頼んだから大丈夫ですが、前もって連絡をしてください」とまたまた厳しく。私はますますペコペコして「すみません。やっぱりいいです。もういいです」「いや、大丈夫です」「いいです」「大丈夫です」と何度か繰り返した。丁寧なケンカみたいになってる。私は、キャー、と思いながら身をすくませる。ちょっと気まずい。

サクがあとで「何度も言いすぎるから」と。私が何度もしつこく言ってたらしい。

作業は進んだ。

そのお兄さん、テキパキととても段取りがよく、仕事ができる。そして私に「お母さんは靴を箱に詰めてください」、サクには「服をハンガーボックスに入れてください。余ったところに長いものを入れます。でも詰めこみすぎずに」と。

「はい」とテキパキ動く私たち。

お兄さんがサクに春からの仕事のことを聞いている。それから、「お母さんが手伝ってくれて助かりますね。親のありがたみがわかるのは10年ぐらいたってからですよ」と言っている。なんか、いい人みたい。

途中で、私も何か聞いたら、軽快に答えてくれた。責任感があるから注意も厳しかったのかも。

最後、自転車を自転車置き場から出す。もう何年も乗ってない。私の自転車も一緒に見てみた。どちらのタイヤもペタンコで、鉄の部分は錆びていて、サドルは埃で真っ白。

うわあ。とりあえずどちらもそれぞれの引っ越し先へ持っていくつもりだけど、私のはもう廃車かなあ。でもきれいに洗ってタイヤを取り替えたら乗れるかな。

サクの自転車をトラックに押していく。

明日の時間の確認をされる。「予定通り9時〜9時半に搬入」と。

その時、ふとお兄さんに、「明日の時間、もう少し遅くしてもらうことできますか？　鍵を受け取るのが…」と聞いてみた。鍵を受け取る不動産屋さんが開くのが10時だった。なので今日現地まで行くか、イカちゃんに頼むかしなきゃいけない、と迷っていたところ。

すると、「ああ。いいですよ。何時が希望ですか？」。

10時、いや10時半、と言ったら、「言っときますよ」と頼もしい。

「時間って、きっちりしてて動かせないのかと思ってました〜」とうれしくて言ったら、「そんなことないですよ。2時のトラックが遅れて7時になったこともあるんですよ」と笑ってた。

本当によかった。言ってみてよかった。もし最初のあの気まずさと次の意外といい人だという見直しがなかったら、ここで、ふと聞いてみようとは思わなかっただろう。

1時間ちょっとでさくっと終了。

それから昨日作ったご飯をゆっくり食べて（やはり全部は食べられなかった）、私は自分の作業の残りをやる。私の荷物の搬出は1時の予定。

天気もいいし、公園の桜も見える。30分ほど時間があるので、「散歩しようか」とサクと外に出る。いつもの公園を歩いて、線路の向こうの公園へ。

「去年、ちょうど桜が咲いてた頃、ここに来たね。ちょうど1年か。早いなあ…」と

サクがしみじみと桜を眺めてる。

そうだった。コロナで自粛気味の3月下旬だったか。この公園を散歩したんだ。桜

が咲いてて…。

ゆっくり歩いて線路のわきの道を下っていたら、ボランティアのおじさんたちがいつもハーブなどを植えている花壇があった。そこには「ハーブ泥棒の方へ」「多肉植物泥棒の方へ」、盗まないでと書いたメッセージが。

「いるんだね〜、泥棒が」と言いながらじっと見る。

ぐるっと円を描くように回って、帰りかけたら引っ越し屋さんから電話が来て、2時ごろに着きます、とのこと。今、1時だからあと1時間ある。ケーキでも買って帰ろうかと、ホテルのショップで私はフルーツポンチ、サクはプリンと苺の何か。それからワインショップで炭酸のジュースを買って、出すお金を間違えて（50円玉と5円玉）ちょっぴり恥ずかしい思いをしながら帰宅。

帰宅途中。

「サク。そういえば今まで住んでたここ、昔、見かけるたびに、いつかここに住みたいなって思ってたんだよ。そのことを思い出した。あそこに住めたらいいなあって。近くのホテルに泊まった時、窓から眺めて思ってた。そこに住んだんだわ。11年も。サクも将来、10年か15年後、どんなところに住みたいか、どんなことをしていたいか、どんな人生か、ぼんやりとでも思ってた方がいいよ。そうしたらだんだんそうなるかもしれないから。10年後、どんなところに住みたい？」

「うーん。緑が多くて、眺めがいいところ。そんな都会じゃなくていい」

荷作りを終えた部屋でゆっくりおやつタイム…。

残ったチャーハンはおにぎりにして、牛肉の佃煮は小さく包む。持っていくというので。

しばらくおのおのの時間を過ごす。サクは何もなくなった自分の部屋に寝ころがったり、宮崎行きの荷物の中のギターをつま弾いたり。

2時に引っ越し屋さんから下に着いたという連絡が来た。

サクはここで出発。夕方、バンド仲間と会うのだとか。玄関のドアのところで「じゃあね」と手を振る。

閉まりかけるドアのすき間にサクの顔。すき間が閉まる、閉まる。

「がんばってね！」

「うん。がんばる」

…閉まった。

私の方の引っ越し屋さんは普通の若いお兄さん、助手の3人はものすごく若い。アルバイト学生かも。なので動きがたどたどしく、時々叱られてる。お兄さんはたまにくしゃみをしている。花粉症かな。

今、3時55分。4時に鍵の引き渡しの予定だけど、作業はまだ終わってない。あと30分～1時間ぐらいかかるかも。

4時。鍵を渡す不動産屋さん代行の原状回復担当の方がいらした。説明を聞きながら、部屋を回る。カーテンレールを外してロールカーテンにしたことを説明する。きちんと真面目に丁寧に説明をされるので、私もひと通りおとなしく聞く。本当は「すべてお任せします！　お好きなように」で済ませたいところ。

15分ほどで説明が終わった。搬出が済んだ頃にまた来るとのこと。

作業はまだもう少し続きそう。

助手くんが「トラックの運転手さんがどっか行っちゃって帰ってこないんです…」と言ってる。先輩は、「ああ。いい、いい。電話番号わかるから」と。よかった。

私の方は、5時のタイムリミットまであと30分。飛行機の時間が迫ってるのだ。もし終わらなかったら、「飛行機に乗り遅れそうなのであとは頼みます！」とお願いしようと考えている。

実は、見積もりの時、引っ越しの終了は6時くらいになるかもと聞いていて、鍵の引き渡しの最終時間は4時だったので、もう当日中には間に合わないから、当日はどこかホテルに泊まって、次の朝の午前中に鍵を引き渡そうかとも思った。でも、できればホテルに泊まりたくない。当日中に宮崎に帰りたい。

で、私は（いつものように）一か八かの賭けに出た。引っ越しと鍵の引き渡しが5時までに終わって、5時にタクシーで空港に向かえば6時の飛行機に間に合う。早く終わる方に賭けて予定を組んだのだ。綱渡りだけど。そしてもしも間に合わなかったらその時は飛行機をキャンセルしてホテルに泊まろうと。

自転車を自転車置き場から出しに行く。よく見たら本当にボロボロ。車輪の中の金属の棒が外れてブラブラしてる。これは、…廃車にするしかなさそう。トラックのところに置く。あまりの錆び加減に、アルバイト（多分）の少年に「もうボロボロなんだけど向こうで捨てようかと思って…」となんだか言い訳する。少年はニコニコしながら「ペコリ」と頭を下げてる。

あれ、このトラック。サクの時のトラックの方が大きかった。大きな荷台にスカスカに収まっていたけど、これは小さな荷台にぎっちり。溢れそう。全部入るのかな。

足りなかったら助っ人が来るのかな。

トラックの配車もいろいろ大変そうだなあ。

戻る途中で、もう一人の助手くんと遭遇。こちらもニコニコしててかわいい。

5時前に終わった。

よかった～。会計を済ませて確認のサインをする。

「助手の方たち、若いですね」と言ったら、「高校生なのか…、僕もよく知らないんです」と。繁忙期だからね。

原状回復担当の方と最後に話す。申し訳なさそうに、「ロールカーテンの取り外しに料金がかかるかもしれません」と言う。それは私が最初に説明したことなので、当然だと思いながら「はい…はい」と聞く。真面目な、気の弱そうな人だ。これから部屋の最終確認をしてからブレーカーを落として帰るそうで、私が先に出ることに。

玄関から出る時、私の両手が荷物とゴミ袋でふさがっているのに気づき、「あっ」と言って、靴下のままで外に飛び出してドアを支えてくれた。

いい人だ。

何度も頭を下げて別れる。

タクシーで空港へ。

運転手はおじいさん。時々、話しながら行く。ビルの上の大きな不動産屋の看板を指して、「最近、あの看板がたくさんあるんですよ」と言う。知らない名前だったけど、「どこかが合併したみたいですよ」とのこと。

ふうむ。社会の動き。

空港の警備が厳しくなっていた。手荷物検査では軽いカーディガンまでも脱がされた。オリンピック対策か…。

退屈な時間を過ごして、やっと鹿児島空港に到着。夜8時。あたりは真っ暗。

レンタカーを借りて帰宅する。

帰りがけ、セブンイレブンで「金のマルゲリータ」を買う。

家に着いて、庭を通り過ぎる時、なにかいい匂いがした。なにかの花の匂い。

空腹だったのでまずピザを食べる。

解凍を急ぎすぎたか、長く焼きすぎたのか、ちょっと硬かった。うわさではもっともちもちしているはずなのに…。残念。次はうまく焼きたい。

気になったので、真っ暗な中、懐中電灯をつけて庭をひとまわり。4ヶ月ぶり。よくわからなかったけどブルーベリーの花が白く咲いてるのが見えた。

3月27日（土）

7時。

朝起きて、真っ先に庭を見て回る。朝もやが立ちこめている。心配したほど荒廃してないし、雑草もそれほど生えてない。熱帯の観葉植物トリオは茶色く枯れていた。

カラタネオガタマのバナナのような匂いがする。いい匂い。

道の駅に行って、野菜やイチゴを買う。私のグッズが置いてあるコーナーをちょっと離れたところから見てみた。すると、田舎っぽいけどなんかもうこれでいいかも…と思った。

11時にトヨタのお店へ行く。KINTOという車のサブスクリプションを申し込みに。でも買った方が安いそうなので、ちょっと考えよう。1週間ほどあとでまた来ることになった。レンタカーをトヨタレンタカーに返して、代車を出してもらう。

道路を走っているとあちこちの桜がきれい。もうチラチラ散り始めているのもある。

サクが宮崎で作られてる飲み物、ヨーグルッペというのを送ってと言ってたので20個買う。お店によって値段が違った。最初のお店では88円。次では55円。30円も違う。55円を買う。

家に帰ったら、昼すぎ、サクからライン電話。今、引っ越し荷物の搬入が終わったという。ライブで部屋を見せてもらう。イカちんが手伝ってくれてて、代わってもらって話す。「これからごはん食べるの?」と聞いたら、「何も考えられないぐらい疲れてる」とのこと。

庭の気になるところをサッとやる。バラのシュートを切って、イチジクの剪定(せんてい)。

今日は早めに就寝。明日、引っ越し荷物が届く。

3月28日(日)

雨。土砂降り。でもこれから徐々にやんでいくという予報。

昨日のことが気になったのでイカちんに電話する。

「きのうあれからどうした?」

「ああ。無事に終わって、まだガスが通ってないから、うちに来て、ご飯食べて、お風呂入って、ずいぶん寝て、部屋まで送って行ったよ」

「そう。よかった。ありがとう。部屋をきれいに使って欲しいわ。いつも物がたくさん散らかってて、片づけないから。ズボンも半分脱いですごしてるし」

「きのうもやってたよ」

「イカちんもそうやってた？」

「やってないよ」

「じゃあ、私かな」

たまにズボンを下げたまま移動してたからなあ。

「甘やかしたんじゃないの？」

「えっ！」

こういうところだった。私がイカちんと別れた理由のひとつは。思い出した！

私はズボンを脱いで、すぐはいて、すぐまた脱いで、というシチュエーションの時、面倒くさいのでそのままトイレから隣の脱衣所までのあいだ、ズボンを足元におろしたままヨチヨチ歩いて移動してたことが、昔あった。ひとりでいる時に。

サクがズボンをきっちりはくのがきゅうくつなので家の中でちょっと下げてリラックスしてすごしているのを、あらまあ、と思いながらも私はほほえましく見ていた。気持ちがわかるから。家の外でやったらダメだけど、家の中では好きなようにすごしていいと私は思ってる。

部屋を散らかしたりズボンをきちんとはかないことをいけないことと思い、きちんとしつけなかった私が「甘やかしたからじゃないか」と言うイカちん。

家の中では自由にすごせばいいじゃん。それこそが生きるだいご味だよ。

なんか私の落ち度を常識人に注意されたような気がして急に話す気をなくし、お礼を言って電話を切る。よかった〜。思い出して。

うーん。でも、私が「部屋を散らかして…」って愚痴みたいに言ったからかも。愚痴っぽく言ったから、マイナスのことを返された。私がプラスに話したら、たぶんプラスの返事が来ただろう。これは組み合わせだ。私が他の人にはめったに言わないマイナスをつい言ってしまう、という悪い組み合わせ。自分が卑屈になる。それも思い出した。

この人の前だとなぜかこうなる、というのがある。その人の前だとなんか嫌な自分になる、じゃなく、その人の前だと自分の好きな自分になる、という組み合わせがいい組み合わせなんだと思う。

次にサクに電話する。こっちにあるものを送るためにいくつか確認する。

10時半。引っ越し屋さんが来た。3人。若い。名前を紹介される。雨がだんだんおさまってきた。衣装ケースが破損するというアクシデントがあった。「すぐに探して弁償します」と言うので、「それは古くてもう捨ててもいいと思ってるものだから別にいいですよ。その代わりと言ったらなんだけど、この机を倉庫に運んでくれない？」と言ったら、会社に電話して聞いていた。そして、なんでもするように、みたいなことを言われていた。ありがとうございます、って。

1時に終わり、部屋は段ボールの山。

疲れた…。

庭をよく見ると、さやえんどうの実が生(な)ってた。驚いた。11月にフェンスわきに豆をまいておいたのだ。

うどんを作って食べる。ゆっくり、少しずつ片づけをする。枯れていた植物の手入れ、もぐらが下を通ったせいで抜けていた木を植え直す。

夕方、温泉でも行こうかと準備して車へ。するとエンジンがかからない。

うん？　バッテリーが切れたか。

仕方ない。家のお風呂に入る。

段ボールを開けて中身を出すことを遅くまでやる。疲れてる。

3月29日（月）

いい天気。

朝、セッセに電話して車のエンジンをかけてもらう。やはりバッテリーが切れていたよう。そのまましばらく車を走らせる。

朝の景色がきれいだった。川面（かわも）に映る木々や山あいの桃色の花。

洗濯して、干そうとしたら、テーブルクロスが地面に落ちた。大ショック！

洗ったばかりの洗濯物を土の上に落とすことほど残念なことはない。

サクに、ヨーグルッペ、地鶏（じどり）の炭火焼き、クイックルワイパー、中ぐらいのスプーン、パン切りナイフ、家具スベラーズみたいなの、をクール宅急便で送る。

午後、カーカとズームで動画を撮る。サクにヨーグルッペを送ったと言ったら、カーカにもと言うので、また買いに行こう。

庭仕事も。気になるところを優先的に。まず、枯れている草の茎を剪定する。半分ぐらい終わった。続きは明日。

買い物へ。今日のお店ではヨーグルッペのケース売りが安く、24個で1278円だった。1個53・25円だ。一番安い店を発見。カーカにはこれを送ろう。

鶏ごぼうおにぎりなど、買ってきたものを食べながらシンクの皿を洗う。

段ボールの山。疲労が蓄積している気がする。ゆっくりやろう。急ぐ必要はない。

あ。でも、早く畑の畝づくりをして種を植えたいんだった。まだ注文した鍬がとどかない。それが来てからにしよう。

3月30日（火）

午前中、片付け。段ボールをひたすら開けて床に並べる。午後、庭仕事。

セッセに畑の、野菜を植えていい場所を教えてもらう。

セッセが作ってる家のサッシは、今しげちゃんと住んでいる実家のサッシを取り外してつけている。ついに玄関のドアも取り外してつけたという。

「冬、寒くなかったの？　風が入るでしょ」

「すごく寒かった。やっとあったかくなってよかったよ」

実家がどういうふうになっているのか見に行く。ボロボロの家を外から見たら、玄関も、窓も、掃き出し窓も、青いシートで覆われていた。

わあ。すごい。


うちの居間の神棚とも言えそうなはにわコーナー。そこにぼんやりとした犬の幻のようなものが見える。あれはなんだろう？

よく見たら乾燥した花の種。そこに飾っておいたんだった。

3月31日（水）

今日は一粒万倍日×天赦日。そして寅の日という、今年最強の開運日とのこと。種を植えたり、引っ越しや習いごと、商売、勉強、何かをスタートするのにいいそう。今日始めたことは万倍になる。なので借金など人からお金や物を借りるのには一番ダメな日。金運や結婚運もいいらしいが、特に私には関係ないので普通にすごそう。

朝の庭のひとめぐりで、また小さな、いろいろ気になるところをみつけた。あれもしたい、これもしなきゃと思う。去年、剪定（せんてい）のおじさんにもらったセッコクの白い花が透明感いっぱいに咲いていた。

午前中は庭の手入れ。

午後、サクが転入届を出しに行くと言っていた。私はボロボロの自転車を近くの自転車店に引き取ってもらう。電話して聞いたら、1台500円で引き取ってくれるというので。ついでにそのあと市役所の出張所に行って私も転入届を出そう。4月1日が切りがいいから明日にしようかと思ったけど、ついでにね。

自転車屋さんまで手で押していく。500円払う。

出張所へ。

マイナンバーカードを渡して転入手続き。他に人はいなくて、とてものんびりしている。女性3名であれこれ言いながらパソコンを操作している。なかなかできない。マイナンバーカードでの転入手続きは私で二人目なのだそう。時間がかかりそうだったので、印鑑登録をするための実印を家に取りに帰る。

取ってきたら、作業が終わっていた。

印鑑登録も済んで、スッキリとした気持ちで帰途に就く。

そうか。サクにつられてなんとなく手続きしたけど、今日は一粒万倍日。縁起のいい日だったっけ。よかった、今日やって。なんか。

気分がよかったので川原を散歩してから帰る。

一粒万倍日かあ。スタートするのに最良の日だね。


夕方、庭の手入れの続きをする。

明日の燃えるゴミに出すために太い枝を短く切りそろえてビニール袋に入れる。


カーカからラインが来た。

「2年前の年金で払ってないのがあるから貸してくれない？　半分でもいいわ」

キャアー！

カーカ、今日だけはそれ、言っちゃダメ！　よりによってなんで今日？

でも一粒万倍日よりも、カーカはカーカだから。いいのか。いいんだ。そうそう。

貸してあげるけどトイレ掃除を毎日するなら、という条件をつける。そして貸すのは今日じゃなく来週にしよう。そしたら今日、貸したことにはならないよね…。

4月

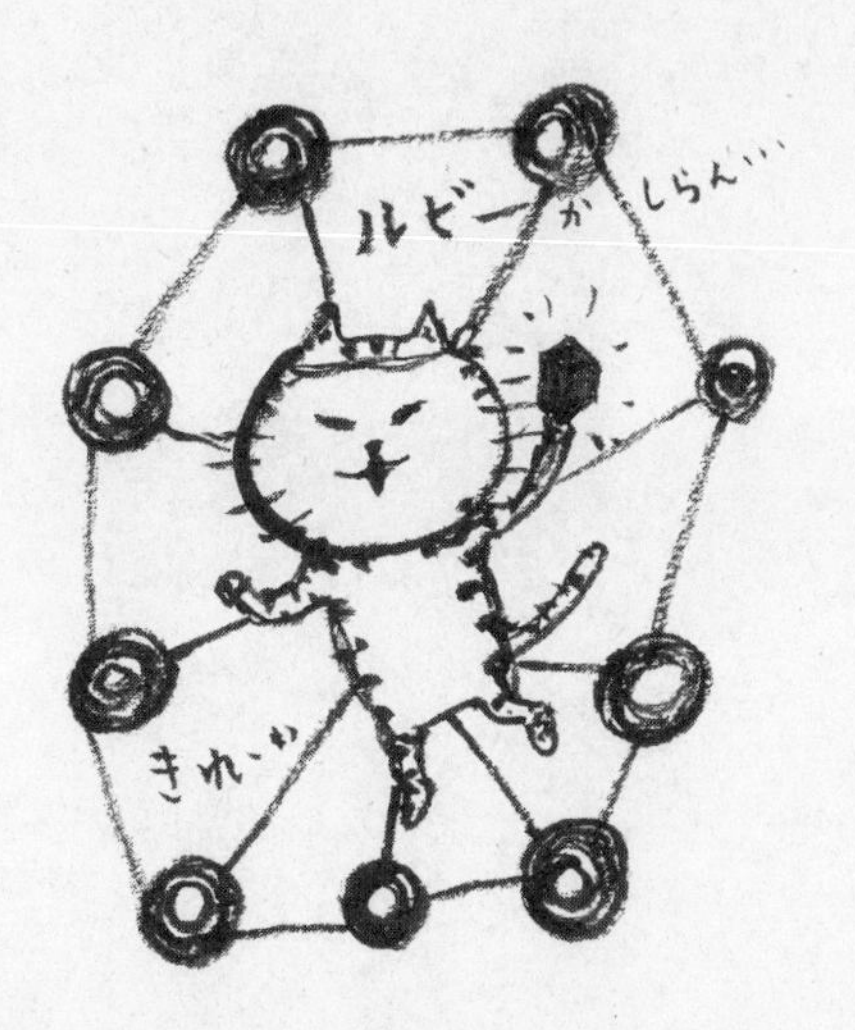

4月1日（木）

そういえば東京で、ブランド品の毛布とバッグを買おうかどうしようかと迷っていたけど、今はもうまったくほしくない。バッグを買っても使う機会はないし、毛布はお気に入りのチワワ模様のがある。あれはあの場所にいるからこその気持ちだったのだなあ。


9時半ごろ、イカちんから電話。

今日はすばらしくいい天気で、自転車でサイクリングしてて、サクの会社を外から見たら、道路の桜並木は満開で、新入社員たちが入って行ってて、みんないきいきと見えていい感じだった、って。サクかもと思う人物が入って行ったそう。

へー。

「ありがとう」とお礼を言う。お互いに「お疲れさま」と。

サクが就職してひとり立ち。これで親の役目は卒業。なんだかしみじみ。イカちんもやっぱいい人だ。人はいいんだよ。

いい気持ちになって、買い物へ。

カーカに送る地鶏(じどり)の炭火焼きとトイレブラシを買いに。トイレブラシがないというから。今使ってるのは使いづらいらしい。

途中、毛布類をクリーニングに出す。老夫婦でやってる小さなクリーニング屋さん。いつもそこ。で、「コロナで人が外に出ないから今は2日に1回しか取りに来ないので遅くなります」って言ってた。「いつでもいいですよ」と答える。

最近、「道の駅」で地鶏とお花の苗を買って、ホームセンターでトイレブラシを買う。私はトイレブラシを研究してて、自分用にもまた2種類、買った。どれがいいかは使ってみないとわからない。

カーカに送る荷物を作る。ヨーグルッペ、地鶏、トイレブラシと洗剤。一緒に入れるの、ちょっと抵抗あったけど。あと、使いやすいゴムベラ。ジャムなんかの瓶にいい。

ヤマトのお兄さんが取りに来た。この人はいい人で私は好き。ついでに配達もあった。「みみず屋」さんからの鍬(くわ)や鎌だった。

やった。来た！　これで畝立てができる。

わーいと思いながら、段ボールをほどく。包み方もアットホーム。出てきた鍬はピカピカとすごい。よく切れそう。

花の苗（矢車菊とオダマキ）を植える。

明日、畝立てをしよう。昨日できたらよかったんだけど、まあいいか。私には、その日がいい日。今日なら、今日がいい日。なんでも、できる時が、できる日が、それがいい日。

ネットフリックスでおもしろそうなドラマを見始めた。「そしてサラは殺された」。1話だけ見たけど、続きが楽しみ。また紙に名前と相関図を書きながら見る（途中で挫折）。

あと、おいしそうなカレーの作り方もゲット。ツナ、コンビーフ、めんつゆ、マヨネーズ、カレー粉、納豆で、フライパンだけで作れるというカレー。半信半疑で作ってみよう（作らなかった）。

4月2日（金）

今日は畝立てをしようと思うが風が強い。すごい風だ。なので午前中は庭仕事や家の片づけをする。午後になって、ちょっと収まってきたので、ノコギリ鎌を手に畑へ。

そこはしげちゃんが長いあいだ畑をしていたところで、ここ数年（10年以上かも）、何も植えていなくて草ぼうぼうになっている。その一角をひと畝分、借りることにしたのだ。

畝立ては野菜のお家、野菜の国を形作るようなもの。なので神聖な気持ちで向かう。

枯草をどかしてから、ノコギリ鎌で草を刈っていく。半分までやった頃、セッセが草刈り機で草刈りを始めたのでついでに残りの半分をやってもらう。

今日はここまで。

モグラの穴がポコポコ。そしてミミズがたくさんいた。ミミズを見ると「ヒャア～」と思うけど、慣れなければ。


疲れたので夜は早く眠る。

労働したせいで体が疲れて早く眠くなって眠る、という暮らしをやっていきたい。体が疲れずに頭だけ冴えて眠くもならないという日々はもう嫌だ。

4月3日（土）

ついに畝立てを開始。

緑色の葉をすきこんではいけないそうなので、目につく緑色をちょっと取る。それから作付け縄を張って、スコップで一直線に切り込みを入れる。すごくよく掘れる。

ノコギリ鎌もよく切れる。

切り込みを二重の四角形に入れ終えて、今日はここまで。

明日は雨の予報。

夕方、近くの温泉へ。そこはあまり温泉の効能を感じられないのだが、サッと入るのに便利。

4月4日（日）

雨がポツポツ降っているので、今日は家の中の作業をする。

捨てる服の中で綿のものを四角く切って作業道具用のウエスを作る。たくさんストックして水気を拭いたり油を塗るために使いたい。快適な作業場をめざそう。

引っ越してきて10日たった。

段ボールの中の品物をほとんど外に出したので、台所と仕事部屋は床にたくさんのものが並んでる。それらを今後、整理しながら今ある棚の中のものと入れ替える。それには時間をかけてゆっくりやろう。数か月かかるかもしれない。そのあとは倉庫とガレージの整理整頓と大掃除。それには今年1年かける気持ちで。

焦らず、過程を楽しんで。それが心穏やかに毎日をすごすコツ。

4月5日（月）

晴れ。いい天気。

畝立ての続きができる。

さやえんどうを摘んで、ソテーして朝食に。

朝、庭をひとまわりした時に思いついたことをメモに取ることがある。忘れてしまうから。「やることリスト」。

今日のメモには、「つる性の花の移植2つ、ビワの剪定（せんてい）。そして、「黒い木　裏に わ（北）」と書いてある。

つる性の移植はやった、ビワの剪定もやった。そしてこの「黒い木」ってなんだろう？　考えても考えてもわからない。北の裏庭に立って、じっと木々を眺める。

黒い木？

どの木だろう？

黒いって？

まったくわからず、あきらめる。そのうち思い出すかも。

畑の続き。まわりの土を畝にあげる。

4月6日（火）

黒い木、今日もわからない。

さて今日は忙しい日。まず車屋さんに行って車の相談。ついでに税務署で書類をもらう。それから警察署で運転免許証の住所変更。

午前中は、洗濯や庭の仕事、荷物の片づけ。

洗濯ものにつくわかめみたいなのは石けん洗剤を使うと多く出るとのこと。マグネシウム粒の洗濯はやっぱりいいみたいなのでそっちをメインにしようか。今、私が持っている「洗たくマグちゃん」は4個。まずはあれこれ試してみよう。

仕事部屋の耐火金庫はもういらないと思い、どうにか処分できないか考える。なにしろ40キロ以上と重いので、捨てるのも大変そう。だれか欲しい人はいないかな。

午後、車屋さんへ。

いくつかのパターンでシミュレーションしてもらう。サブスクか買うかで迷ってたけど、サブスクだとゴールド免許による保険の優遇が受けられないとわかり、だったら…と思い、買うことにした。それよりもショックだったのは、先月まであった色がもうなくなっていたこと。あの色がよかったのに。

ショック…。

しかたなく、第二候補の色にする。が、なんだかしょぼ〜ん。

まあ、しょうがないか…。

帰りに、週末のフェアで余ったお花の苗を、よければどうぞ、いくつでも、と言うので、う〜ん、と考える。その中に私の好きなのはなかったけど、強いて言えばディジーか。赤と白のを2個もらった。

希望するナンバーを考えよう。今度は何にしようかな。前は8008にしたっけ。まるのかたまりってことで。

今度は気分転換に違うのにしようかな。

オプションを選ぶのにしても、車には興味がないので、わからないこと（どっちでもいいけどどうしよう…みたいなこと）が多かった。

「百笑村（ひゃくしょうむら）」という野菜などの販売所に寄って、たけのこジャーキーを買う。

次に税務署へ。その前に酒屋さんに寄る。

その酒屋さんは友だちに教えてもらったなんだかいい感じの酒屋さん。こぢんまりとしていて店主が明るくていい人っぽい。スパークリングワインを2本買う。

税務署の場所に迷ってちょっとウロウロしたけど無事、到着。入口で申請書をもらうだけだったのですぐに終わった。

それから気になっていた肉屋へ。

こないだからその看板が目に入っていた「西ノ原牧場（にしのはるぼくじょう）」。試しに買ってみようと行ったら、そこはレストラン兼直売所で、今はランチとディナーの間の休みの時間だった。ならば、帰る途中にある牧場の直売所に行ってみよう。

小高くなっている郊外の道を進むと、その牧場の看板がある。

ここ、ここ。

そっちに向かったら、黒い色の牛たちが牛舎にゴロンと寝転んでいた。お店のような建物は見当たらない。事務所のような建物があったので、おずおずと入って、「お肉、買えますか？　個人なんですけど…」と聞いてみた。

すると「はい。買えますよ」というので、ヒレステーキ150グラムとサーロインステーキ２００グラムを１枚ずつ頼む。そこは会社のようだった。今からカットするのでちょっと待ってて下さいと言われる。10分ほど待って、切りたての肉が白いトレイに載ってきた。

２枚で５６７０円。おいしいお肉だそう。宮崎牛。「霧島山の麓で育まれた最高牛」とパンフレットに書いてある。

外に出て、前を見るとあの牛舎。牛がこっちを見ている。

なんとなく罪悪感を覚えつつも、記念写真を撮る。肉と牛の。

生き物は他の生き物の命をもらって生きている。それはまぎれもない事実…。

山あいの道で、幽霊ホテルと呼ばれている廃墟ホテルを横目に見ながら、警察署へ。前にあった場所は空き地になっていた。どこかに移転した様子。人に聞いて、無事、たどり着く。

運転免許証の住所変更。10分ほどで終わる。

免許証の裏に顔の落書きがあり、「あのお、ここには…」と若い職員さんに注意された。確かに！

免許証の裏には何も書いてはいけない。それは以前に何かを書いていて注意されて、知っていた。なのに今回、また何か描かれているではないか。顔のイラストが。

なぜ？　わからない。他の紙と間違えて試し書きでもしたのだろうか。「何かで消せたらいいんですけど…」とボソボソと言い訳する。「いや。そこまでは」とお兄さん。

今日の予定の3つを無事に終えて、爽（さわ）やかな気持ちで帰る。

家に着いてから、庭を見て、夕方、畑へ。草の根の塊をほぐす。明日、もっとちゃんとほぐそう。

夜。買ってきたサーロインステーキを焼く。

でもスパークリングワインをけっこう飲んでいたので味はよくわからなかった。明日、残りをゆっくり味わって食べよう。

ところで、遠出した時にはクーラーボックスが必要だなと前から思っていた。特に夏。お肉やお魚などを買うことがあるので。

で、さっそく調べて注文した。小ぶりのをひとつ。魚釣り用らしい。これで安心して買い物ができる。

4月7日（水）

「洗たくマグちゃん」をクエン酸水で洗うと効果が回復すると聞いたので、クエン酸を水で薄めてマグちゃんを浸けてみた。するとマグちゃんから煙が！

うっすらと白っぽいもやが上がってる。

なにこれ、怖い。化学反応か。じっと見ながら、おずおずと菜箸でつつく。変なにおいもする気がする。いったん取り出して、ふたたび入れて、またつつく。しばらくやってから、取り出す。クエン酸水が濃すぎたか…。

とりあえずそれで洗濯してみよう。

作業中のセッセに、「引っ越して来てからそろそろ2週間たつから、もうしげちゃんに会ってもいいんじゃない？　今度の日曜日にまた庭の花を見に来れば？」と提案したら、「え？　もうそんなに？　まだ3日ぐらいしかたってないと思ってた」と言う。
セッセの時間は違う速さで流れているようだ。世間の2週間がセッセの3日。
ネットを見ていたら気になるものを発見した。それは、ハンモック枕。

寝ころんだ人の頭の上の三脚みたいな器具からぶら下がるものの上に頭を乗せて寝ている写真。寝違えと引っ越し以来、左の首から肩甲骨が痛い私。これに頭を乗せたら、ずいぶん首にかかる負担が減って気持ちいいのではないか…。

じっと見てみた。いくつかの会社から似たようなのが出ている。うーん。使用感を試してみたいが。何か、タオルか何かで似た状況を作ってみたい。いろいろ考えたけど、それをぶら下げるいいところが浮かばない。

ふと見ると、リビングの椅子型のハンモック。その足掛けの部分がちょうど頭を乗せるのによさそう。高さが高いので、下にクッションを敷いて…。

さっそくやってみた。何度か位置を試して、気持ちいい高さを見つける。確かに、頭の重さがなくなって首への負担が減った。これはいい。腕を上げるともっと肩が楽。でも、長くはできない。すぐに飽きて、起き上がる。

別に買わなくてもいいか。やりたくなったらたまにここでやろう。

実は今日、大きな出来事がありました。

まずは初めから。

耐火金庫をメルカリの「たのメル便」で売ろうと思い、朝から写真を撮ったり、寸法を測ったり、説明を書いたりとけっこう時間をかけて出品データを作成した。全部書いて、出品しようとしたら、住所が「たのメル便」の範囲外だった。

ショック。

どうしよう。リサイクルセンターでも引き取ってくれなそうだし、捨てるにも重すぎる…。でもどうしても処分したい。もう金庫は必要ないから。いろいろ迷って、ダメもとでメルカリに「取りに来てくださる方」と書いて出品してみた。３０００円で。古いけどまだとてもきれいで、充分使える。ダイヤルと鍵(かぎ)の二重の構え。

すると、1時間もしないで返事が！

場所を伝えると、お近くだった。鹿児島県の方で、1時間ぐらいで来られるところ。購入したいとおっしゃるので、住所を伝える。

今日の夕方、仕事が終わってから向かうと言う。6時半ごろになるかも、とのこと。そして、「場所は2階ですか？　私と30歳の娘のふたりで運べるでしょうか？」と聞かれる。重いのでね。40～45キロぐらいあるから。

「はい…。場所は1階で、台車がありますし、台車まで1～2メートルなので大丈夫だと思います。私も手伝えますから」と答える。近くまで来たら電話してもらうことになった。

すぐにセッセのところへ行って、「金庫が売れたの！　今日、取りに来てくれるって。娘さんと運ぶっていうから、家の前まで出しといてあげようと思うんだけど、手伝ってくれない？」

「ああ、いいよ」

セッセに来てもらい、掃き出し窓のギリギリまで位置をずらす。台車もすぐ近くまで持ってきた。ふたりで持つか、どうするか迷って、セッセがひとりで持った方がいいかもと言うので、外から抱えて、台車に載せてもらう。

「気をつけてね！　腰を入れてからね！」

無事に載った。台車がグッと沈む。

ふう。

そこからガレージまでゴトゴト押して行き、夕方の到着を待つ。

そして夕方5時ごろ、電話が来た。今、近くの高速を降りたところですと言う。ナビで行きます、と。15分後、電話が来た。

「今、たぶん近くにいると思うんですが…。白い車で…」

電話で話しながら、1本裏の道にいることが判明した。なのでそのままスマホでしゃべりながら裏庭まで歩いて、フェンスからのぞくと、道の向こうに白い車が止まってるのが見えた。ドアが開いて、人が出てきた。

「あ！　ここです、ここです！　後ろです〜」と手を振る。

顔が見えたので、「ひとつこっちの道に玄関がありますので」と身振り手振りで伝えた。

表で待っていたら白い車が到着。軽のミニバン。娘さんが運転してて、後ろの席には1歳ぐらいの赤ちゃん。

「娘です」と紹介される。

そのおじさんは私と同年齢ぐらいで、田舎の素朴な働き者という感じで、お腹が丸く出ていて、いい人っぽい。

娘さんも丸っこくてかわいらしい素朴さ、しかも妊娠してるではないか。7ヶ月ぐらいか？

重い金庫は決して私が持たせないわ！

台車でここまで運んでいたので、ミニバンの横につけて、さて。

「重いですよ」と心配して言ったら、おじさんはちょっと持って重さを量り、これなら大丈夫と思ったようで、そのまま軽く持ち上げて、後部座席の足元に置いた。

おお。

無事、移動完了。

それからの短い時間に、ちょこっと話したところ、耐火金庫が必要でホームセンターで買おうかと奥さんと話していて、ふと、今朝、仕事中にメルカリを見たら、近くで金庫が出ていたと。で、すぐに連絡したとのこと。

とてもうれしそう。

「そうですか。よかったです。私も、とても重いので、どう処分したらいいのかと困っていて、勇気をだして出したんです…。助かりました」

娘さんが、「あ、これ」と言って、レジ袋をおじさんに渡してる。

それを受け取ったおじさんが私に、よかったら、と手渡した。缶コーヒーと数個の菓子パンが入ってる。

「ありがとうございます」とお礼を言って受け取る。

おじさんたちの車が動き出すのを頭を下げて見送る。

ほっこりとしたすごくいい気持ちになった。おじさんも、娘さんも、後ろの赤ちゃんもたぶん、みんないい人だった。お互いに助かり、感謝してた。

あまりにもうれしくて元気が出たので、夕方の畑に出て、畝立ての続きをやる。

そして完成。

なにもかもが、しみじみとうれしかった。

4月8日（木）

冷蔵庫に保存していた缶コーヒー2本と菓子パンを持って、作業中のセッセに昨日の報告。無事に金庫を手渡せてよかった、と。

「で、これをもらったんだけど、私は缶コーヒーは飲まないし菓子パンも食べないから、もしよかったら食べてくれない？」と手渡す。

「もしかすると、あのおじさんと娘さんが食べようと思って買ったんじゃないかと思うんだよね。缶コーヒー2本だし、菓子パンが4個だし。ひとつはあの赤ちゃんにかも…。そして、何かお礼を、ってとっさに思って、くれたんだと思うんだよ。だから、とてもいい人だった…」

セッセは受け取って、「これ、しげちゃんにもあげていいかな」というので、ぜひそうしてと伝える。


さて、ついに本ができた。

おととしの秋に勇気をもって始めた有料音声ブログ「静けさのほとり」で話したことを最初の半年分まとめた本『私たちは人生に翻弄(ほんろう)されるただの葉っぱなんかではない』。

毎日、トツトツと話していて、たまに結構いいこと言ってる、これは本にもしたいなあ、と思って、できたらいいけど…と思いながら、だれか文字おこしをしてくれないかなあ〜と「ほとり」の会員にお願いして、実現したもの。

感慨深い。話し言葉の本は初めてなので、それもとても新鮮。思いがけずメッセージ性の強いものになったのも自然な流れだったのではと思う。

昨日の親子で私が感動したのは、あの缶コーヒーと菓子パン4個は、たぶん自分たちが食べるために買ったもので、それを瞬間的に何も相談しないで娘さんがお父さんに渡して、それを私にくれたこと。

「これ、さしあげようか」と一秒も相談してなかった。

その信頼感。通じ合う感じ。

それを見て、あの時、私はハッと感動してたのです。

それをしみじみ、今日になって思い出す。

午後、畝立て完成の写真をセッセに撮ってもらう。枯草の上に寝ころんだので足がかゆくなった。そこに、「そうだ！」と思いつき、最近知って、きのう届いたヨモギ乳酸菌液「ホウロンポウ」をひとふきする。この液、これから試しにいろいろ使ってみるつもり。

4月9日（金）

火事の夢を見たわ…。ふう…。疲れた…。

と、なんだか気だるい気持ちで起きて、ハンモック枕へ。下にクッションを置いて寝ころがる。首はいいけどクッションに乗せた上半身のおさまりが悪い。でも頭を乗せて、小室レポートの感想を語るYouTube動画を聞きながら、しばし目を閉じる。

朝食を食べてからリビングを見ると、ハンモック枕の下に白い粒々がたくさん転がってる。なにこれ？　想像がつかない。

近づいてみると、クッションに入ってる丸い発泡スチロールの玉だった。さっき寝ころんだ時にファスナーが動いて中からこぼれたみたい。

びっくりした。コツコツ拾って戻す。

今日は何もする気になれないのでゆっくりしよう。

クーラーボックスが来た。うん？　ちょっと小さかったか…。500ミリリットルのペットボトル8本分ぐらいか。

その段ボールを受け取る時、シャチハタの印鑑を押しても押しても色がつかない。

あれ？　どうしたんだろう。インクが切れたのかな。

すると、「フタ、ついてます」とお兄さん。


夜、ひさしぶりにテレビをつけた。

NHKで、宮崎の綾町（あやちょう）で無農薬のワインを造っている香月（かつき）さんという方のドキュメンタリー番組をやっていたので興味をひかれて見る。ぶどうをひと房ずつ見てカビの生えた部分を一粒、一粒取り外すなど、手間をかけている。圧縮されたぶどうの皮が丸く重なり、新鮮な印象。少量手造り、家族経営のナチュラルワイン。1年にできる数が限られていて、赤823本、白731本と書いてある。楽しみ。

これは飲んでみなければと、すぐにネットで注文する。

4月10日（土）

いい天気。気持ちのいい朝。

落ち葉をほうきで掃く。シュッシュッ。

さわやか。

今までこんなふうなすがすがしい気持ちで、朝、落ち葉掃きをしたことはなかったし、したいと思ったこともなかった。でも今日は自然と体が動いた。

掃きながら思った。これは、この感覚は…、私が自分の世界の大きさを把握したからかもしれない。

今日と明日はゆっくりしよう。漂うようにすごそう。

3時。予約していたのでヘアカットに行く。数か月ぶりだったのでかなり伸びていた。サッパリした。

帰りに買い物。ホームセンターへ。そこでずっとほしかった浄化槽の上に敷くものを探す。コンクリートが気になっていたので。

なにかいいのがないかなとブラブラ店内を眺めてたら、茶色と緑の混じったシックな人工芝のシートを見つけ、それにした。

家に帰ってさっそく敷いたら、いい感じ。マンホールの蓋(ふた)みたいなのが3個あったけどちょうど隠れる。

4月11日（日）

風が強く、気温も低い。外に出ると寒い。

9時にしげちゃんが来た。引っ越して来て2週間以上過ぎたのでもう大丈夫かなと思う。会うのは去年の夏以来か。

今、庭に咲いている花を順番に見て歩く。

今日、畝に種をまこうと思っていたけど、風が強いのでやる気にならず、やめる。

家にいよう。


夜。

ずっと前から持っている鉄の包丁。ところどころ欠けていて、お肉などを切ると、真ん中あたりに切れてない部分ができる。一度、自分で研いでみようか。たしか砥石(といし)があったはず。倉庫を探したら、あった。

それを持ってきて、こわごわ研ぐ。最初はさっぱりわからなかったけど、ネットで調べて、やってみたら、だんだん慣れてきて、どうにか少し研げた。刃先が銀色に光ってる。野菜を切ってみると、格段によく切れる。すごくおもしろい。

研ぐ、というのはおもしろい、と思った。

4月12日（月）

朝から空がどんよりしてる。今日は雨が降る予報。

今のうちに種をまこう。

急いで種や移植ゴテなどを持って、畑へ。細かな雨がもう降り出してる。

とりあえず少量ずつ、1種類30センチ四方、12種類ほどまいてみた。どうなるか。

楽しみ。


なぞの四角い穴。

畝の周囲に20個ほど、四角くてまわりを枯れ草が丸く取り囲んでるような穴があった。これはなんだろう？　動物？　鳥？

セッセに見てもらったけどわからない。なぞだ。経過観察しよう。


昼に向かってだんだん晴れてきた。


今日はなにもする気になれない。とても気だるい。

気が晴れない…。


温泉にでも行こうか。

近くの黒いモール泉。最初行こうと思っていた温泉を見逃し、隣の温泉へ。

「ゆ」と書かれた暖簾（のれん）をくぐるとそこは雑貨屋。野菜なども並んでる。うん？

その奥に温泉の入口が。先客3名。

脱衣所におばあさんがふたり、「あったまったわ〜」とうれしそうに言ってる。幸せ感漂う。

浴場に行くと、ひとりのおばあさん。隣の男風呂（おとこぶろ）のおじいさんに声をかけて、しばらくして、どっこいしょ、と出て行った。

私はひとり、黒いモール泉に沈んで痛い肩を温める。

そういえばここは、傷や虫刺されにいいと前に造園一家に教えてもらった温泉じゃないか。熱い湯船とちょうどいい湯船があって、熱い方に虫に刺された部分をつけるといいのだとか。試しに足の先を入れてみたら、熱湯。とても入れない。2、3度試したけどやはり熱すぎる。とても無理。

あきらめた。

ちょうどいい方にしばらくつかる。

すぐに飽きた。景色も見えないし。15分ほどで温まったので出る。

脱衣所であちこち眺めた。いくつかの貼り紙がある。

「あがり湯は最後だけに」、「洗い場は使用禁止」、「バネは特注なので大変」、「故障中」、「バネ、直りました」、などなど。

ふうむ。

時系列がわからないけど、想像するに、バネを使うあがり湯は特注の部品を使っているので一度壊れたら修理するのが大変です、あんまり使わないで、ということか。

バネを使うあがり湯ってどれだろう…、とじっと浴場を眺めたけどわからなかった。

私は注意を守れたのだろうか。

それすらわからない。

地元民しか来ないようなあまりにもディープな温泉に来てしまったのかもしれない。

ここにはここの人にしかわからないここならではのルールがあるのだ…、なんてね。

次はもうちょっと開かれた、よそ者もたまに来るような温泉に行こう。

午後、カーカとズームで動画を録る。メモしといた、トランスジェンダーの人の話と、70歳で横暴な旦那(だんな)さんと離婚して今は穏やかな気持ちで食事をとれるという女性の話をする。

雨がやんで、庭を歩く。

注文していた酒粕(さけかす)とワイヤーバスケットが届いた。ワイヤーバスケットは郵便受けにしようと思ったもの。いそいそと箱を開けると、なんと、2個組みだった。へー。

知らなかった。うれしい。1個は庭の道具入れにしよう。

酒粕は甘味噌と混ぜておつまみを作る。やわらかすぎた。これは工夫の余地あり。

4月13日（火）

雨。薄暗い。

モッコウバラの花びらが地面にたくさん落ちている。

今日は住所変更手続きをする予定。

引っ越すたびにいつも20数ヶ所、主に音楽出版社に対して行わなければならないこの作業は私の大の苦手。電話が苦手な私には。

資料をそろえて、目の前にずらりと並べる。一ヶ所電話したら、口頭で変更できた。この作業をあと20回以上繰り返すのかと思うと、気が滅入る。で、庭に出て花などを見る。

お昼ご飯を食べて、まだグズグズ。

そして午後2時、そうか、電話ではなく書面で送ろう。前にも書面で送ったことがあった。手紙ならどんなにたくさん書いても平気。

夕方まで、手紙書きを続ける。終わった。やった！　明日送ろう。

4月14日（水）

天気は回復傾向。大阪の陽性者が1000人を超えて大変そうな様子。

わりと近くの、あまり行かない野菜の直売所に行ってみた。いろいろじっと見て、竹の葉に包まれたちまきを買う。

ちまき。今まであまり本気で味わったことがなかった。嫌いだと思っていた。でも、大人になった今ならその味わいがわかるかもしれない。じっくり味わってみたい。

それときな粉、お米、虹鱒（にじます）の甘露煮、新玉ねぎ、くみ上げ豆腐、有精卵の玉子、有機コーヒー豆、も買ってみた。

次に、郵便局に行って、昨日の封筒を全部出す。数が多いのでスタンプで処理するそう。それからクリーニング屋さんに先日出した毛布類を5枚、取りに行く。

あの謎の四角い穴は、小動物のしわざではないかなと思う。じっくり観察してそう思った。

午後はのんびり。

夕方、庭仕事、川原への散歩。

川原の草花に注目。とても小さく、かわいい。これらの花は急に咲く。

ちまきにきな粉と砂糖をまぶして食べてみた。うーん。やはり、あまり好きじゃないかも。

畑にまいた種が小さく芽吹いてる。でも雨で流されてわりと一ヶ所にかたまってる。

4月15日（木）

香月ワインが来た！　うれしい。旅疲れをしているため3日ほど休ませてくださいと書いてある。3日後の日曜日に飲んでみよう。どういうふうに作ったかというのがわかっているから価値を感じる。

「その品物がどういうふうに作られて、どうやってここまで届くか」というところまで含めて、私はこれからさまざまな物の価値を見ていくと思う。

外出していくつかの用事を順番に済ます。

まず、昨日のクリーニング屋さんへ。なんと毛布の底にお店のものがくっついていたのです。パウチされたお客さんへの案内書き。台の上にいったん載せた時にくっついたよう。持ち上げたらハラリと落っこちてきてびっくり。

おばちゃんが「あら〜。すみませんね〜」と帰りがけにお店の前まで飛び出してきてお礼を言ってた。

次にコンビニで荷物を出して、区会費を支払い、道の駅とホームセンターとドラッグストアでちょこちょこ必要なものを購入する。

見かけてついでに買ったもの、綿の苗。120円。水はけのいいところに植えてください、と。白い綿のついた枝を家の中にかざっているが、あの中にも種があるはず。それを植えてみようか、とも思ったけど、まあ、とりあえずこれを一度庭に植えてみよう。

道の駅に里芋の親芋3個入りが100円で売っていた。畑に植えるために、実は欲しいと思ってたんだけど、ヤツガシラの方がいいかもと思い、買うのを控える。ヤツガシラを薄く切った素揚げがおいしいのだそう。

畑の新芽をまた見に行く。

小さな小さな芽。やはり一ヶ所にぎゅうぎゅうになってる。しまった〜。もっと地面を平らにすればよかった。畝はかまぼこ形ということにこだわりすぎて、かなりの急なかまぼこ形にしてしまった。

4月16日（金）

雨。肌寒い。

今日は竜王戦の日なので朝からコタツでゴロゴロ。

今日は休養日にしよう。

あのちまき、残りを食べようとしたら、包みに「あくまき」と書いてある。そうか…。そうだった。これは鹿児島地方の郷土料理の灰汁（あく）まきだった。私たちは子どもの日あたりに食べていたのでこれのことをちまきと呼んでいる。

今日は、より慎重に、きな粉砂糖をまぶして、じっくりと味わってみた。独特の風味、あじわいがある。少量をじっくり味わって丁寧に食べるとおいしいのかも。

洗濯物干し場前の花壇に綿の苗を植える。

水はけのいい場所に、と書いてあったが、ここは水はけ、いいのだろうか…。

竜王戦は藤井二冠の勝ち。

4月17日（土）

朝からシトシトと雨。

落ち着く…。


昨日、押入れの布団を整理していたらテンピュールの枕を見つけた。カバーが茶色っぽく変色していてかなり年季が入ってる。

なんとなく気になって、それで寝てみた。

すると、最近肩が痛くて夜中に何度か目が覚めていたのに、朝まで目が覚めなかった。首が痛くない。これまでふたつの違うタイプの枕を試していて効果を感じられなかったので、これはうれしい。

いそいそとkontexのガーゼタオルを取り出してきて枕を気持ちよく覆う。今夜もこれで様子をみよう。

ヤツガシラの種芋をメルカリで買った。

でも、里芋の親芋100円がやはり気になり、道の駅に買いに行く。大きなの2個入りのにした。ついでにプリンや黒豚バラ肉ブロックなどいくつか買う。

帰りに他のお店に寄ったら、そこに里芋のもっといいのがあった。土がついてて芽が出かかってる感じのが150円。

ああ…。残念。クーッ。でももうさっき買ったのであきらめる。


午後。

雨が上がったので、庭をめぐってみたり、畑の芽の出方を見たりする。

花がら摘みをして、チューリップとフリージア、クリスマスローズを摘んで家に飾る。

すごくよく切れる花切鋏で、畑で草を刈っていたら指を切った。その時、手袋をはめてなかった。いけない。今度から注意しよう。よく切れる鋏は本当によく切れる。

4月18日（日）

朝、「ひとりの心の旅に出る」と閃いて起きる。

精神的な、深さと広がりの旅。その奥深く、分け入りたい。

地球は1年に1回、呼吸するという。春、夏にかけて吐く。夏が頂点。そこから吸い始め、冬まで。その呼吸に合わせて植物が育つと。
それでいくと、今はどんどん吐いてるところだ。

「数パーセント」について。
さまざまな会話の中で「数パーセント」というのを聞くと、いつも「スーパー銭湯」を同時に思い浮かべてしまう。

里芋を畑に植える。上下が切られているけど、芽が出るだろうか。

香月ワイン、白を飲んでみた。つめたく冷やして。
色はちょっと白濁していて、前に飲んだ手作り風のワインに似ている。ふむふむと味わっていただく。思ったよりも辛口だった。

最近やっていること。
お菓子の箱いっぱいにたまったコイン。1円玉、5円玉、10円玉、50円玉を、今後のキャッシュレス時代を考慮して早く使い切ろう！と思った。ちょっとした時に小銭がなくて困ることがないようにと入れていたら、ずいぶんたまってしまった。それを小さな財布に小分けして、日々、使える場面では積極的に使ってる。

「細かくなってすみません〜」と言いながら。

自分で精算する機械があるお店では、ゆっくりと落ち着いて10円玉をどっさり入れられるのでうれしい。

4月19日（月）

午前中、粗大ゴミを捨てに美化センターへ。ひとりで行くのは初めて。

めちゃくちゃ重い敷布団3枚、よれよれのシルクの毛布とカシミヤの毛布、壊れた事務椅子。毛布は高かったのでもったいないと思い、10年以上使っていたけど、どうも肌触りがよくなく、暖かくない。近頃は冷たいとまで感じる。なので思い切って捨てることにした。

車全体の重さを行きと帰りに量り、重量で料金を支払う仕組みだ。受付を待つ車が2台。その後ろにつく。

しばらくして私の番が来た。ゆっくりと進む。ちゃんとできるか緊張する。車から降りて、「初めてなんですけど…」と受付の女性に挨拶(あいさつ)する。札を渡してくれて、手順を教えてもらう。

先に進んだら担当の女性がいて、指示された場所に品物を下ろす。

無事終えて、最後の計量。料金は900円だった。「緊張しました～」と挨拶する。ゴミのパンフレットもいただく（家に同じものがあった）。

やり終えて、気分よくドライブして帰る。15分ほど。左手に霧島連山がきれいに広がっている。また粗大ゴミが出たら捨てにこよう。おもしろかった。

午後、道の駅にグッズ売り場用の棚を持っていく。スペースが縦に伸びたけど奥行きが浅いので、並べ方をゆっくり考えたい。次は看板を作ろう。小さなプレートに名前を書いて…。

それからカーカと動画をとる。4つとったところで電波状況が悪くなり、そこまで。

玄米ばかりだと飽きることがある。なのでたまには白米をと思い、玄米用の圧力炊飯器の白米コースを選んで炊いたら、なんだか柔らかい。炊き方を調整してもう一度炊いてみたけど、まだぐちゃぐちゃしている。これは嫌だ。一粒一粒がはっきりしているのがいい。その炊飯器では圧力が強すぎるのかもしれないと思い、ストウブ鍋(なべ)で炊いてみた。前に炊いたらおいしかったから。すると、火が弱すぎたのかすこし芯(しん)が残った。どうもうまくできない。
そうだ！ 押し入れに「かまどさん」というご飯を炊く土鍋があったはず。探したらありました。もう何年も使っていない。それをきれいに洗って、ご飯を炊く。2合。すると、焦げるのを恐れて強火にしなかったせいか、あまりうまくできなかった。うーん。しばらく研究しよう。

4月20日（火）

ヤツガシラが届いたので、ショウガと一緒に庭に植える。そこは前にコンポストを置いていたところで今は挿し木牧場にしているところ。土は肥えていると思う。ヤブガラシの大きな根っこの基地があるみたいで毎年たくさんの芽が出てくる。そこでヤツガシラを大きく育てたい。

昨日の夜、めちゃくちゃおもしろいおっさんの動画を偶然見つけて、ず～っと見てしまった。小室関係のことを大阪弁で怒ってるのだが、的を射ていて思わず「アハハ」と随所で笑ってしまった。心臓の病気で手術する予定が、やめて帰ってきたと言って、焼酎（しょうちゅう）をガブガブ飲みながら語り続けている。聞き役の気の弱そうな弟分が撮影してて、弟分との会話もおもしろい。おっさんの目の表情、大阪弁が最高。

道の駅で手作りの筍の水煮（小2個入り）を買ったら、何日経っても食べきれない。酢味噌と山椒の葉で食べたり、お味噌汁に入れたり、炊き込みご飯、バター醤油ソテーにもした。おいしいんだけど、まだある。毎日食べなくてはいけないとなると義務みたいで苦しい。豆腐もこんにゃくもキャベツも、ひとりだと食材はどれも多すぎるので、どうやって飽きずに無理せず食べきれるかが課題だ。

そう思いながら…。

畑に蒔いた種から出た芽がかなり密になったので、間引いて食べることにした。まず、大根の双葉をひとつ、試しに食べてみる。すごく強く大根の味がして、おいしい。ひととおり間引いたら、小さなお茶碗ひとつ分くらいになった。それから庭のフェンスで生っているさやえんどうがそろそろ終わりかけになってきたので、食べられるのを全部採る。

夕食は、間引き菜のスプラウトサラダ、さやえんどうソテー、筍とあぶらあげと鶏肉の煮物。ご飯はかまどさんで再トライ。するとと今度はまあまあうまくできた。すごくおいしいというほどではないが。火加減をもう少し強くしてもいいのかも…。

で、それらを食べたら、量もちょうどよく、義務感もなく、おいしかった。

で、思ったんだけど、今、庭にはふきが生えている。それも食べられる。これからはできるだけ家にあるものを使って、足りないものだけそのつど買ってこよう。食べ切ることが義務のように感じないよう、楽な気持ちで食べたい。

4月21日（水）

いい天気。さわやかだ。

早朝、昨日蒔いたコリアンダーの種に水をまこうと、ジョウロをもってガレージを通ったら、何かバタバタ音がする。

うん？

スズメだ。スズメが入り込んでいる。いそいでシャッターを開けて外に逃がす。

畑に水をまく。

今日も間引き菜を食べれるかな。


シーツについて。

私はセミダブルのベッドに寝ていて、シーツはお気に入りの植物柄のフラットタイプのを折り入れて使っている。でも少し大きさが足りなくて、ベッドマットを完全にくるめず、すぐにしわがよる。それが少々、ストレスだった。それでも何年もそのシーツを使ってきた。

で、今日、洗濯して干しながら、フト、もしかして、セミダブル用のベッドシーツ、まわりにゴムが入ってるのだとストレスがないかも、と思い立ち、すぐに注文した。

もしそれが使いやすかったら、もうあのしわによるイライラを感じなくて済むかもと思い、重大な発見をしたような気持ちになった。


朝の日課、「静けさのほとり」の録音。

「最近、私の話し方が変わったと思いませんか?

私は、これからは『魂のまま生きる』と決めて宮崎に引っ越して来ました。東京にいる頃は、やはり周囲の人々との挨拶や短い会話の中で、どうしても興味のないことや関心のない話題にも相槌(あいづち)を打ったり、相手に合わせなければならないことが多くありました。自分の考えに深く入っている時にも、時々、水面に連れ戻されていました。今は、誰にも会わず、ひとりの考えの中に浸りきることができます。ここはとても心地よく、今までずいぶん無理をしていたんだなあと思います。

これからは、この思いに潜み、この世界をどこまでも深く追求していきたいです」

みたいなことを話す。

2/7 タトのオブジェと記念写真

2/5 サクと公園を散歩

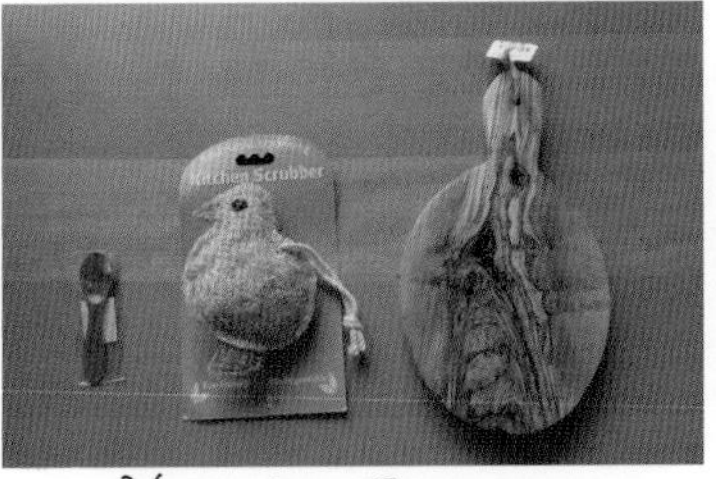

2/12 今日、買ったもの

2/9 鍋を磨いた

2/22 お風呂椅子などを磨いた

2/13 クマの布バッグの取っ手を

3/7 岩瀬浜。寒い！

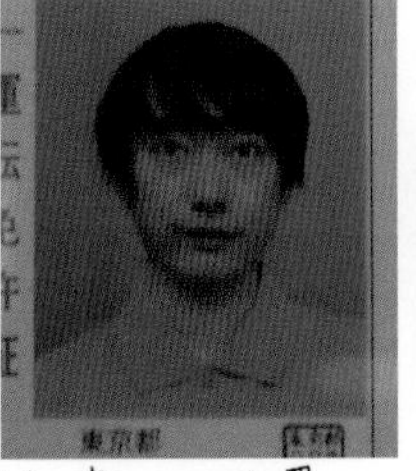

3/2 青いシャツを買って…

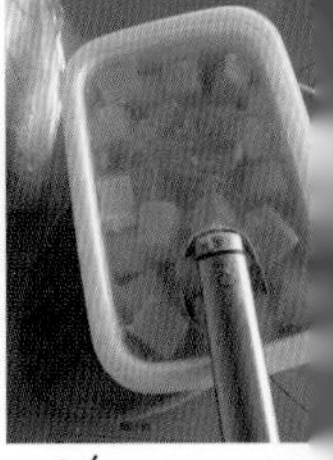

2/25 私のバタ

3/25　卒業式、行ってらっしゃ〜い

3/20　夜(左)、朝(右)、お花が降ってる

3/25　食材、使い切り!

3/26　しみじみと桜を…

3/25　引っ越し前夜

4/6　肉と牛

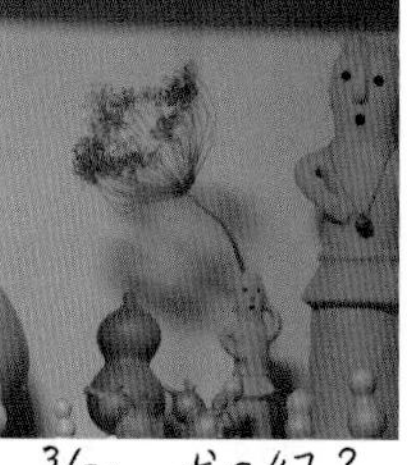

3/30　犬の幻?

3/27　枯れた

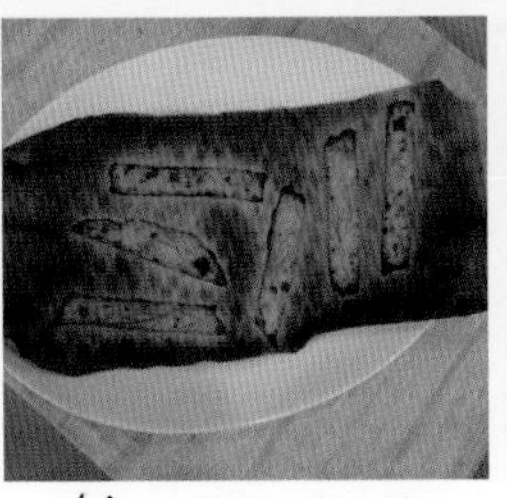

4/12 酒粕のおつまみ

4/8 畝立て完成

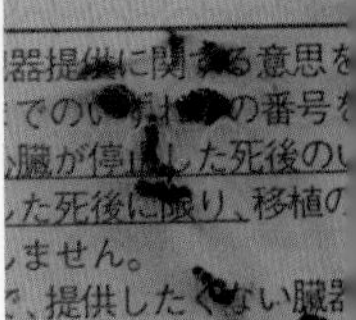

4/6 免許証に顔

かわいいニンニクできた

4/27 似顔絵、難しい

4/24 看板、書い

5/1 野菜の新芽

4/29 ホットケーキどら焼き

豆ごはん、しょうが焼き、スプラウトサラダ

5/3 オイル漬け、らっきょう漬

5/21　平べったいプリン

5/15　ショック！りんご焦げた

5/25　ハーブのタネを蒔く

5/22　パレオ湯上り着

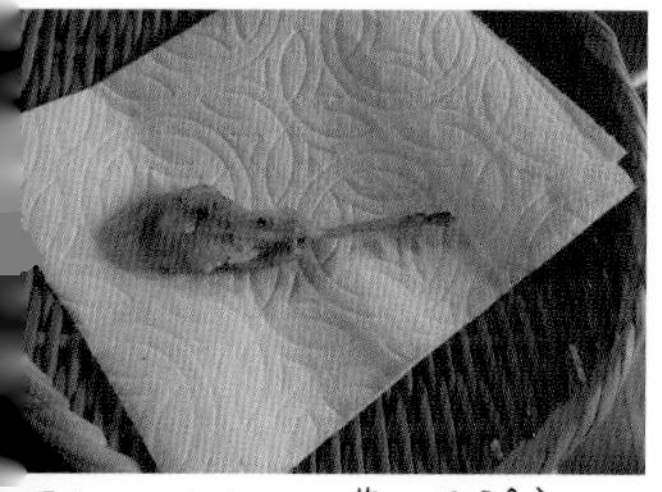

5/31　ズッキーニの花の天ぷら

5/27　本を床に並べる

大浪池

←犬ざんしょうの木

6/2　ミヤマキリシマ

6/4 玉ねぎ染め

6/3 コーヒー豆染め

6/6 揚げたてのポテチ

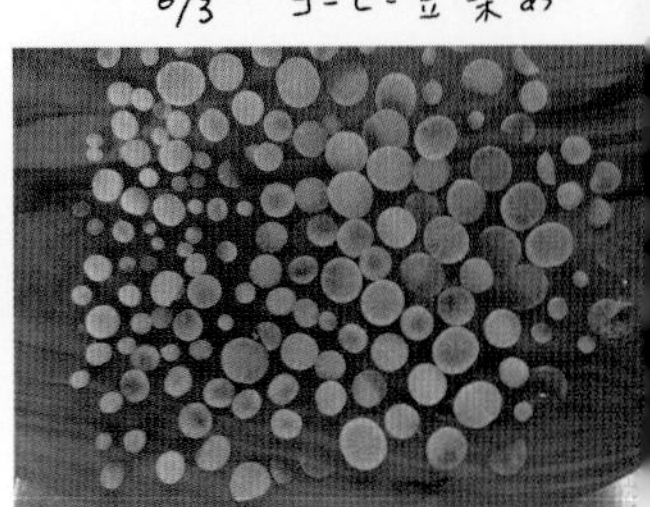

小さな大根の輪切り

6/8 菜園の虫食い野菜、おいしかった

6/8 電気スタンド

6/19 パン作った

6/17 ミント風呂

6/13 竹輪が

6/23 剪定の日。月桂樹

6/21 木苺

とてもかわいい

6/28 コンクリートのお庭

7/9 今日の収穫

7/7 かつての寝ぐせ

7/4 赤い梅の

7/13 力のぬけたバンザイ

7/12 やっと咲いたハスの花が雨でくったり

7/17 スパイシーテールカレー、テイクアウト

7/16 スズメバチの巣
2021年バージョン

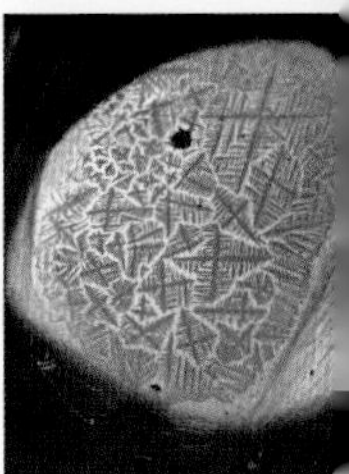

7/13 きれいな模様

7/20 煙を出すミミブサタケ

東京の部屋からもってきた植物たち、元

← 拡大したところ

こっちへ来る

7/22 あれは何

7/24 きれいな池

7/23 野菜はすべて畑から

7/25 ひさびさに集合

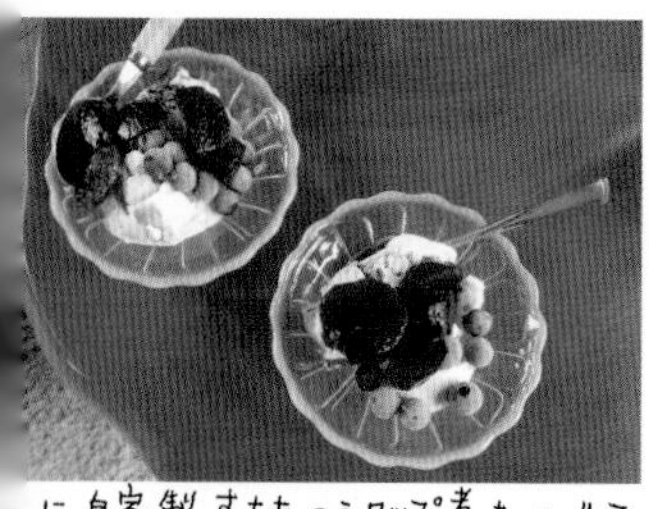

…に自家製すもものシロップ煮をのせて

外で のんびり

7/26 切り干し大根

とても好きな色のアジサイ

筍の水煮の残り、どうやって食べよう…。

「マッコの知らない世界」でメンマの瓶詰を見て、そうだ！と思いついた。オリーブオイル漬けにしよう。ワインショップによくつまみ系の瓶詰がある。チーズや香辛料の入った。ああいうのだったらおいしく食べられそう。

まず、メンマの作り方を見て、ゴマ油で炒めて、お酒、スープ、醤油で味付け。それと冷蔵庫に残ってた鶏肉の燻製を四角く切って、ピンクペッパーと庭のフェンネルと共にオリーブオイルに漬ける。これでおつまみひとつ、完成。

焼きサバの残りなども同じようにして作れそう。


畑にて。

今日は畝を覆っていた茶色い枯草を、周囲の草を刈って、柔らかい緑色の草と取り換える。今まで覆っていた枯草は、ススキの葉みたいな硬くて険しい葉だったから。でもよく見ると周囲の草にもだんだん種がついてきて、柔らかいという感じではない。でもススキみたいなのよりはいいか。緑色の草を敷いたら見た目にもいい感じになった。10分の1ぐらい終わった。明日も続きをやろう。

4月22日（木）

シーツが届いた。

さっそく広げてベッドマットにかぶせてみる。

いい感じ。しばらく使ってみて様子を見よう。あのしわというか、シーツの大規模なたるみ、よれ、ぐちゃぐちゃ、から解放されるかと思うとうれしい。

でも今までの植物柄のシーツも好きなので少し残念。


テレビでは緊急事態宣言のことをあれこれ。

尾身（おみ）さん…、いつも困り顔。


種まきを、またする。枯草をどっこいしょと横によけて、残った種をパラパラと。今度はあまり密にならないように気をつける。近頃は暖かく、いや、暑くなり（今日は26度）、陽射しもかなり強くなってきた。


青い草を刈っていて、新しい発見があった。

道路に向かって斜面になっているところの雑草がよく茂る。草が茂って大変。なので時々、セッセが草刈り機で刈っている。先日も刈ってくれた。

で、今日。

雑草を刈って畑の畝を覆う作業をしていた。広い休耕地に生えた雑草を、刈っては置き、刈っては置き、する。できるだけ硬くない、柔らかそうな葉っぱを選んで刈っていく。でも、そんなのはなかなかない。もう種ができているから茎が硬くなっている。

作業中、ふと畝のわきに柔らかそうな草が生えているのを見つけた。ラッキー。ありがたい。こんな近くに柔らかい草が。すぐにサクッと刈って、畝に置く。

あ！

これは今まで処理に困っていた雑草だ。今までは困りものの、忌み嫌っていたほどの雑草が、今は自然と「ラッキー！」と思えるほどのものになってる。

それはものすごい価値観の転換だった。

しばらく、しみじみと心の中で繰り返しなぞって考え込んだほど。

困りものが、ありがたいものに変化した一瞬を衝撃的に体験したことは、私にとって、すごく意義深いことだった。

使用目的が変われば、意味も価値も変わる、という。

意味や価値を変えるには、使用目的を変えればいいということだ。

自分にとって不要なものが、他人にとっては価値のあるものかもしれない。

道の駅のグッズ売り場の棚に置く看板用に、持っていた厚い板（たしかまな板という名目で買ったものだけどまな板にするには厚すぎて小さい）を、セッセにのこぎりで半分に切ってもらった。

それに色を塗って、看板を作ろう。陳列棚まわり、少しずつ整えていこう。


夕食は、豚バラブロック蒸し。皿に入れて鍋で40分蒸す。ものすごい脂が出てる。しばらく落ち着かせてから薄切りにしてたれをつけて食べた。むむ。脂が多すぎる。やわらかくておいしいけど、あまりの脂でたくさんは食べられなかった。残りは脂をそぎ落として一口大に切ってたれに漬けて保存する。

付け合わせはシーチキンとスプラウトのサラダ。シーチキンの油で簡単マヨネーズを作って和える。よく攪拌できなくてゆるゆるになってしまったけど。

筍オイル漬け、めちゃ美味しい。ペロリと食べる。


半分に切ってもらったまな板を焦げ茶色にペイントする。乾いたら、字を書こう。

4月23日（金）

昨日たれに漬けた蒸し豚、とてもおいしかった。

今日も家で同じような活動。
ゴボウの芽が7つ出ていて、そのうち4つは接近している。最低2つは抜かないと…。で、思い切って引っこ抜く。根が小さな1センチほどのゴボウになっていた。洗って食べたらゴボウの味がして驚く。ついでに葉っぱの方を食べたら渋いみたいな変な味がして食べられなかった。

畑の種にジョウロで水を撒いた。
庭を数時間ごとに何周も歩きながら観察。木の葉がすごい勢いで伸びだした。そろそろ剪定をしないとなあ…と思いながら、なぜかまだやる気にならない。

今日はまたひさしぶりに温泉に行こうかな。
たまに行く町中の観光温泉にしよう。だれもいなかった。露天風呂に入っていたらすぐに温まり、室内のぬるめの湯船に移動する。どなたかがいらしたので二こと三こと話す。風が強かったので、「風が強いですね〜」と。

夕食後、おやつが何もない。でも何か食べたい。

何かないかな。ホットケーキミックスとゆで小豆（あずき）があった。よし。どら焼きみたいなのを作ろう。ホットケーキミックスを水だけで溶いて、まあるく焼いて、ゆで小豆をのせて食べる。おいしかった。次はもっと小さめに作ろう。

夜、眠くなったので10時ごろに寝たら夜中の2時ごろ目が覚めて、3時間ぐらい目がぱっちり。しかたないので途中、電気をつけて本棚の整理をする。

4月24日（土）

朝起きたら、小雨が降っていた。

これで今日の水撒きをしなくていいから助かる。

庭を歩く。

さくらんぼがたくさん生（な）った。でもちょっと赤くなるたびに鳥が食べていく。真っ赤な実で残ってるのは少ない。私も10個ぐらいは食べたけど、ほとんど鳥が食べた。

鳥には7割がたの赤さの甘さで充分なんだろうか。種だけになったさくらんぼが枝にたくさん残ってる。

地面にあった太い枯れ枝の穴から羽のついた虫がたくさん羽化して飛び立って行くところに遭遇。何百、何千という数だった。すごい生命力を感じる。生き物たちが動き始めているなあ。

サクが初任給が出たという。最初のお給料からお世話になった人たちにプレゼントするといいんだって、という話を前にしてたので、私ももらうことにする。5千円分。何がいいか考えるねと伝える。

夜。グッズ売り場の看板を書く。よく書けた。

4月25日（日）

初任給のプレゼントを考えよう。本当に欲しいもので、今後、長く使うものがいい。好きなことに必要な道具がいいなあ。考えて、決めた。

今欲しい、大きめの8リットルジョウロ。金額は1182円。まずはこれにしよう。

今日はのんびりしてた。庭を何度もまわり、畑にも1度行く。

お昼は、好きなイタリアンシェフの動画を参考に、ふきのスパゲティ。鶏ひき肉がなかったので豚肉で。庭のふきを摘んできて。とてもおいしくできた。ふき。

今年初めて食べた。黄緑の色がきれい。これから頻繁に食べよう。

映画「密航者」を見る。宇宙ものは見たら苦しくなる、とわかっていたけど。

案の定、見終えて気がふさぐ。主人公はあの「トワイライト」に出ていた女優のアナ・ケンドリックだった。たまに見かける。私はこの人はトム・クルーズに似ていると前々から思っていた。

4月26日（月）

朝食に、ふきオムレツを作る。昨日と同じように細かく輪切りにして。玉子が灰色にくすんでいるのはふきのアクか…。

コロナにしてもオリンピックにしても日本政府の対応は信頼できないというか、頼りにならないなあと、この1年見てきてさすがに思う。

数年は混迷が続きそう。数年どころか、かも。

どうなるのか、どこへ向かうのかこの国。この世界…。

とにかく政府に任せれば安心、とはとても思えないので、私は、法律だけは守りつつも自分の世界に生きよう。他人に振り回されない生活、他に依存しない暮らし。

たとえ何がどうなったとしても、それによる影響の少ない暮らしをしたい。

今、そうしようと思えばお金はほとんど使わないので、お金に振り回されないで済む。お金が必要と思わなくて済むのは、ものすごい自由さだ。心強さだ。

世の中のほとんどの人がお金に弱い。

でも私は弱くない。もういらないから。

子育ても終わり、生産的な時期が過ぎて、人としての大きな役目は終えた。

この感覚を知れば人はどれほど自由になるか、と思うが、そう思う人はなかなか少ないのかなあ…。

夕方、ふと、珍しくテレビをつけたらニュースの時間で、オリンピックの聖火ランナーの話題だった。今日は宮崎県の2日目でラストはこの市だ。道路の交通規制が行われるのはチラシで知っていた。

最後のランナーは柔道の井上康生(いのうえこうせい)氏と言う。あら。ちょっと見たかったわ…。行っていいのかいけないのか微妙な雰囲気だったので行こうとは考えていなかったけど。

昼間買い物に出た時に見た、最終ゴール地点のコカ・コーラ工場に、鯉のぼりがたくさんはためいていた。あれはこれのためだったのか。

ニュース映像を見て、すこし胸が騒いだ。

4月27日(火)

小室氏&眞子(まこ)内親王殿下の似顔絵を描こうとしたけど難しい。小室氏については28ページのレポート提出時点からもう引くことにした。私があれこれ考えてもしょうがない。

洗濯は今日は試しに洗剤を入れずに「洗たくマグちゃん」4袋のみでやってみた。

それからジョウロを注文する。アマゾンプライムで買うと送料がかからないので私が買って、あとでお金をサクからもらうことにしたので。8ℓと10ℓで悩んで、8ℓにしたけど、よかったかどうか。実際の大きさを見て決めたかった。

それから道の駅へ。朝一で行くと何かあるかな。

蕨（わらび）があった。あく抜きずみのもの。色や見た目がアザラシみたいだと思う。最近私は地場産の旬のものに興味がある。中ぐらいの大きさのを一袋買う。180円。蕨を買うのは初めて。私には遠い存在だった。でも今は気になる。味わって食べてみよう。

そら豆が出てたのでそら豆となすも。

野菜の苗をいくつか。スイカ、パプリカ、プチトマト、丸い唐辛子など。2年物のアスパラガスも買った。庭の一角と畑の斜面に植えてみよう。

花の苗の台の下にジョウロが置いてあった。あれ？ これはさっき注文したやつだ。8ℓの。思ったより小さい…。10ℓにすればよかった。

あわてて車に戻り、さっきの注文を取り消す。近くのホームセンターにあるかもしれないので帰りに寄ってみよう。

寄って、またついつい野菜の苗を買う。細長い唐辛子とカボチャとズッキーニ。店内に入ってジョウロを探す。あった。同じものが売ってた。10ℓの。値段も少し安い。なんだ、どこにでもあるんだと思う。まずは近所で見た方がいいね。それを買う（サクが五千円、私の銀行口座に振り込んでくれた)。

家に帰って、買ってきたものをそれぞれの場所に置く。

ふとヤフーニュースを見たら、「洗たくマグちゃん、根拠なし」という記事が。なんと! どういうこと?

畑に、買ってきた苗を植え、キュウリなどの種をまく。苗を植えたらちょっと畑っぽく見えてきた。

蕨と厚揚げと鶏肉の煮物を作る。

蕨はサクサクと歯ごたえがよかった。今まで食べていた柔らかすぎてぐにゃぐにゃになってるのとは違う。やはりなんでも加工される前のものはおいしいんだなあ。味は特別どうとは思わなかったけど、この時季ならではの季節感を味わえる。

今日は畑作業で疲れたので早目の夕方、温泉へ行く。

車を降りたらものすごくいい匂いがする。なんだろうと探したら大きな柑橘類(かんきつるい)の木があって白い花が満開だ。近づいて匂いを嗅(か)ぐ。

なんの木だろう。

ネロリのような匂い。でも花は肉厚で丸っぽい。蜂も蜜（みつ）を吸っている。気になる。だれか知ってる人がいたら聞いてみよう。温泉の入口にもバラの切り花が飾られていた。とても大きな深紅のバラだ。すごくいい匂い。

サッと温まって、サウナにも1回入って、出る。

帰ってからまた植え付けの続き。

庭で栽培していたネムの木を畑に移植しようとしたら、根が深いところまで続いてたようで途中でブチッと切れてしまった。これはもうダメかも。

でもとりあえず植えておく。

去年の秋、冷蔵庫の中で緑の芽が出たので庭に植えたニンニクの葉が、茶色になってきたので掘り起こす。調べると収穫はだいたい5月末ごろからと書いてあるけど、けっこう葉が茶色くなってるので。

すると、できてた。小ぶりのニンニクが。植えたのも小ぶりだったからね。

でもやっぱり少し早かったかも。うーん。まあ、いいか。きれいに洗って写真を撮る。もともと小さかったものは、小さなひとつの玉ねぎのような丸いニンニクになっていてかわいい。

さっそく油でソテーして食べてみた。ホクホクとしていておいしかった。捨てるしかないと思うようなニンニクがこんなにおいしく、量も増えるなんてすごい。次に、そら豆を茹でてチーズと和えてサラダを作る。これもホクホク。色もきれい。

「洗たくマグちゃん」で洗った洗濯物を取り入れる。匂いを嗅ぐと、まあふつう。よくも悪くもない。これからは洗剤とマグちゃんの併用にしよう。これまでもそうしていたけど。

4月28日（水）

朝起きて、最初のニュースにびっくり。紀州のドン・ファン元妻、殺人容疑で逮捕。ああ、そうだったのか。やはりそういう落ちか。まだわからないけど。紀州のドン・ファン元妻には私もすっかり騙されたわ…。

朝食に蕨の玉子とじを作る。

先月注文した財布が届いた。

うーん。色が…。ピンクにしたけど好きなピンクじゃない。しかも、今までの財布でも別にいいかもと思ってる。確かに色は汚れているが。

おずおずと中身を点検する。これを選んだ理由のひとつは、スマホ入れがあるところだった。ふむふむ。ここに入れるのか。ファスナーの蓋(ふた)がついてる。スマホ入れに蓋はなくても私はいいけどなあ。面倒くさいから。

とりあえず前の財布からお金とカード類を移し替えてみた。なんとなくまだよそよそしい。しっくりこない。

けど、空っぽになった古い財布を見たら、硬貨入れは真っ黒になってるし、かなりくたびれている。汚い。やはり替え時か。

よし。しばらく使って様子を見よう。よさがだんだんわかるかも。見た目は好きじゃないけど、使い勝手がよければそれでいい。

古い財布を紙に包んで、お礼を言って処分する。

4月29日（木）

雨。今日からゴールデンウィークだそう。

午後から雨が上がる。

私の仕事部屋の作りつけの机。私が設計図を書いて作ってもらったものだ。

L字形になっている。そのLの飛び出た部分は動かせるように書いたつもりだったが、固定されてできてきた。

ああ。

と思ったけど、もうしようがない、まあいいか、とあきらめた。なので部屋の真中にL字形に机が固定されている。

それで十数年使ってきたけど、やはりそろそろ切り離したい。そうすればもっと部屋のレイアウトが自由になる。で、どうすればいいかじっくりと観察した。

飛び出た部分をのこぎりで切って、端に脚を2本つけたらできそう。見た目はどうでもいいので、やろうと思えば自分でもできるだろう。

今はまだ荷物がたくさんあるからこれが片付いてからにしよう。

木の脚だけ先に準備しとこうかな。

で、トコトコと歩いてセッセが製作中の家の前まで行って、「おにいちゃ〜ん」と呼ぶ。

すると、「ああああっ!!」という声。ドーンという音。

どうしたんだろう。

セッセが出てきた。

「何か声がしたけど」

「転んでしまってね」

「大丈夫？」

「うん」

で、机のことを説明して、あとで見に来てもらうことにした。

15分ぐらいして、セッセが来た。机を見てもらって、67センチの長さの棒が2本あればいいねということになる。ガレージにいくつか木の棒があるので、その中から正方形のと長方形のを選んで切ってもらった。

セッセが厳しい顔をして、「実はさっき、天井をやってて接着剤を使ってたんだ。そしたら脚立が倒れて怪我をしてしまってね。痛みがひくまで時間がかかったんだ」と言う。

「あら。悪かったね」

「僕がいけなかったんだ。あわててしまって。自分に腹を立てているんだよ」

「そういえばセッセはあわてるとパニクるところがあったよね。しげちゃんと似てて。これからは急に声をかけずにメールで伝えるようにするね」

「口笛でもいいですよ」

そうか…。私の声にパニクって、脚立ごと倒れたんだ。申し訳ない。バタバタとあわててしまう人だったわ。気をつけよう。これからは外から声をかけるのはやめよう。どんな作業をしているところなのかわからないから。声をかけるなら、姿が見える時にしよう。

おやつに、またホットケーキどら焼きを作る。小さなの4つ。

夕方、またあの柑橘(かんきつ)系の花の匂いを嗅(か)ぎたくて温泉へ。写真を撮って、匂いを嗅ぐ。受付に知ってる女性がいたので、あの木は何ですか?と聞いたら、名前はわからないけど酸っぱい実がたくさん生(な)りますよ。実が生ったら食べてください、と言う。なんだろうなあ。夏ミカンみたいなのかな。柑橘は種類が多いからなあ。

4月30日(金)

今日は晴れ。

いつもの「ほとり」の録音。今日はあまり言葉が出てこなかったのでぼんやり静かに話す。その時の気持ちのままに話しているので言葉が出てこない時は出ない。でも最後に、物事はなんでも、仕事でも人間関係でも、自然に育つものである、という話になって、俄然(がぜん)、力がこもった。

「なんでも自然の流れに任せて。物事は育つこともあれば、だんだん消えていくこともある。育てるにしても眺めるように。子育てでも私は、眺めるように育ててきました」

ああ、そうだ。眺めるように、だった。

午前中、道の駅に行って馬場（ばば）さんとグッズ売り場のセッティング。置き方を考えて、商品説明を書く。少しずつ試して、時間をかけて整えていきたい。陶芸をされているおじさんが隣の棚の作品の埃（ほこり）取りをされていて、馬場さんと話していたので自然と私も挨拶（あいさつ）する。この近くの山でカオリンという土がとれ、それで白く絵付けしたことがあるそう。

裏の事務所で商品説明を書きながら、馬場さんとふたりで静かに話す。

今年の1月にくるみちゃんがすい臓がんで亡くなったこと。去年の10月に入院したというラインが突然来て「退院できるように頑張ります！」と書いてあったんだけど、そのあと1月に娘さんから亡くなったという知らせが来て驚いた。

病気とか、人の人生については、わかったようなことも、偉そうなことも、慰めも、何も言えない。同い年の馬場さんと、「毎日を大事に生きよう」と話す。

今日は風が強い。

夜。

春キャベツと豚肉の煮物をストウブ鍋(なべ)で作ったら、失敗。豚肉が硬くなってしまった。最初、強火にかけすぎた。ああ〜。

5月

5月1日（土）

明け方、すごい雨で目が覚めた。

今日から5月。仏滅・八十八夜・メーデー。

　庭を歩きながらわかった。

今日やるべきことは今日わかる。今やるべきことは今わかる。

そう。

今日やることは今日わかる。今やることは今わかる。

「今」になるまで決める必要はない。

いや、もっと言うと、「今」になるまで決めるべきではないのだ。

今後は、今やることは今わかる、を実践できるように生きていこう。

予定や計画よりもその時のひらめきが重要で、そうできるためには常に、そうできるように生きる必要がある。それはやりがいのある挑戦だ。

　昨日のキャベツと豚肉煮を温めて食べる。豚肉は細切れに切ったけどそれでも硬い。

でもキャベツは焼き目もついていて本当においしかった。

今日の天気の変化は激しい。

雨、曇り、晴れ、天気雨、の繰り返し。

夕方、畑に行って、野菜の新芽、スプラウトを採る。

いつも小鉢にひともり。よく洗ってサラダにする。

何度も水にくぐらせて丁寧に細かい砂を落とす。新鮮な芽は味が凝縮している。特にねぎの新芽には驚いた。針ぐらいの大きさなのにピリリと辛みが効いていてすぐにねぎとわかる。

自然農の野菜は生命力が凝縮しているから少量でも満足できる、という言葉がよみがえる。

庭、畑。食べ物。家の片づけが終わったら次は、お風呂（ふろ）と睡眠のことを考えたい。そこはまだちゃんと考えていない分野。

5月はお酒を飲まず、1ヶ月分の食費を計算する予定。ここの暮らしで、いくらぐらいで生きていけるかを知りたい。食費、光熱費、その時々に必要な道具…。だいたいの費用を知りたい。4月30日に買った食料から入れよう。3187円。それ以外にもうすでに家にあるお米や調味料、冷蔵庫にある野菜のことも忘れずに。

脂ののった焼きサバを細かく切ってクリームチーズとオリーブオイル漬けにしたらおいしいだろう、と予想して作ってみたらやはりおいしかった。胡椒の粒と塩、フェンネルも入れて。

仕事部屋の整理。本棚の本は時間がかかるので、まず机の上の事務用品などを片づけたらスッキリした。小物から片づけよう。

5月2日（日）

今日も風が強い。

朝起きて庭を一周。

また新しい花が咲いている。

ザクロ、ヤマボウシ、オレンジ色のバラ、薄ピンクの矢車菊。

矢車菊はミックスの苗から買ったので青か紫か赤か、どんな色の花が咲くか楽しみだったけど、いちばん欲しくない薄ピンクだったので残念。

いっとき弱っていたエゴノキが今年はすごく大きく伸びて花をたくさんつけている。カルミアの赤いつぼみが膨らんでる。今年は柚子(ゆず)のつぼみが2個しかついてない。

道の駅にディスプレイの続きをしにいく。

ああ、今日は日曜日だった。人が多い。いつもは人影まばらなのに…。

商品説明を貼り付けていたら、おとといもいらしたカオリンを採集した陶芸家のおじさんがまたいらした。そして、先日のカオリンの続きを…と言って、袋に入った資料をくださった。カオリンの現物まで入っている。どうも…と恐縮しながらいただく。

ディスプレイはまだまだ地味でぼんやりしているが、だんだんとしっくりさせていきたい。まあ、ゆっくり。

そして今日は、思い切って大嫌いならっきょうを買った。生のらっきょう。らっきょうは全然好きじゃない。でも生のらっきょうは今のこの短い時季にしか出ない。そして栄養も豊富なのだとか。全然好きじゃないけどやってみよう。

レシピをいろいろ調べて、らっきょうのアヒージョと甘酢漬けを作る。

アヒージョは、まあまあ。らっきょうって玉ねぎとニンニクの中間みたいなものらしいので、味もだいたいそういう感じだった。でもオリーブオイルで煮すぎたかもしれない。らっきょうらしさは感じられず…。

次に作ったらっきょうの甘酢漬け。これは作る気はなかったんだけど、他に作りたいものがなくて。甘酢を作って、瓶に漬け込む。

数時間後に１個味見したら、あまりにも辛くてびっくり。私は生の玉ねぎやネギが苦手なんだけど、それの１００倍ぐらい辛く感じた。どうにか無理して飲み込んだけど苦しかった。どうなることか。できても食べられないかもしれない。どんなに体にいいと言われてもなあ。

夜。今日もトロ焼きサバを買ったので、それとクリームチーズのオリーブオイル漬け、焼きパプリカと燻製ささ身のオリーブオイル漬け、を作る。

カオリン氏からいただいた資料を読む。昔の町の地図や土の成分表、縄文時代の野焼きを再現した記録まで入っていた。そしてお手紙。そのすごい情熱に、よくも悪くもわが身を振り返る。私も昔、こういう感じだったのかも。資料、多すぎて全部は読めなかった。

5月3日（月）

昨日のらっきょうはふたつの瓶に作っていたので、ひとつのガラスの容れ物に移し替える。少し残った甘酢を味見したら、らっきょうの味がしてとてもおいしかった。もしかすると私はこのらっきょうのエキスが沁み出した甘酢だけでいいかも。すごくおいしく感じる。

すっぱくても、自分にとってのちょうどいいすっぱさだったら好き。すごく好きなすっぱさ加減がある。それはとても微妙で、範囲が狭いみたい。そこを追求していこう。

オイル漬け2瓶、らっきょう漬け1瓶を並べて写真を撮る。きれいだ。オイル漬けに最近はまってる。ワインのお供にいいのだが、今月はお酒は飲まない。ちょっとしたご飯のおかずにも便利。

昨日までは強風だったけど、今日はおだやかないい天気。

畑をぶらぶら見てから、洗濯。

洗濯物を干して庭を一周。草や花の新しい変化を発見して見入る。シナノキの葉に小さな金色の虫が留まっていたのでじっと見てしまった。これでまた1時間ぐらい時間がたつ。

午後、畑に出る。

芽はまだ小さいし、植えた苗にすることはない。2回目に蒔いた種はあまり発芽してない。水が足りないのだろうか。夕方、水を撒いてみよう。

畝のまわりのあぜに高低差があったので低いところに土を入れる。壁沿いの土を鍬で掘って持ってきた。いくらかましになったかな。

そのあと、道から降りる斜面の、歩いたあとが階段状にへこんでいるところを、もっと歩きやすくなるように改良する。

そんなことをしていたらお客さんだ。ご近所に住む、2回ほどお会いしたことのあるRさんが、実家からと、茹でえんどう豆と新玉ねぎを持ってきてくれた。

豆ごはんにしてもおいしいですというので今夜は豆ごはんにしよう。あ、それとしょうが焼きを作ろうかな。新玉ねぎと炒めて。

それからバラの剪定。シュートが勢いよくのびている。刺がとても痛いのでバラやアザミなどを剪定する時は革のグローブだ。

最近、毎日のように新芽のスプラウトを夕方摘んで食べている。
虫眼鏡で見るように慎重に採って、丁寧に丁寧に洗って、食べる。

慎重に採取している時にいつも思い出すことがある。いつか見た、高級レストラン

に卸す草花やハーブのマイクロリーフを栽培している人の動画だ。草花を育てて、その新鮮できれいな芽を丁寧に集めてパックして高級レストランに卸していた。あの人たちもこんなふうに慎重に草の芽を触って、ものすごく丁寧に扱っているのだろう。小さな芽、双葉から本葉が出始めたあたりって、その植物そのものの味がしてすごくおいしい。

本当に、種を密に蒔いてしまい、芽がぎゅうぎゅうに出て、間引きしなくちゃと間引きして、軽い気持ちで初めて食べた時は驚いた。あのねぎの味…。

ソニーの創業者のひとり、井深大（いぶかまさる）が起草した「設立趣意書」が素晴らしかった。やる気が出た。動画で紹介してくれてる人がいて。自分でネットで改めて調べて読み直す。

茹でえんどう豆は塩茹でして冷凍してあったので、半分だけ出す。自然解凍したえんどう豆を食べてみたら、ものすごくおいしい。

いったいどうやったらこんなにおいしく茹でられるのだろう？　塩味が絶妙。このままでもおいしいので、ご飯が炊きあがってからサッと混ぜよう。

しょうが焼きを作る。甘酢らっきょうを味見したら昨日ほど辛くなかった。しばらく漬けておいたらもっとまろやかになるかも。

豆ごはん、しょうが焼き、スプラウトサラダ、どれもすごくおいしくできた。豆ごはんは2杯食べたあと、まだ食べたくて、鍋(なべ)からしゃもじで何回もつまみ食いした。

5月4日(火)

今日も野菜の間引き。

そっとそっと。

畑の作業をしていると、昔、畑で母親を見ていて思ったことを思い出す。

どうしてあんなふうに非合理的な動きをするのだろう。あの土を一輪車であそこに移動するのならいっぺんにそこまで行けばいいのに、どうして途中で一度下ろして、また積み直すのか。

そして今、自分が同じことをしているのに気づく。それには自分にとって重要な理由があったのだ。人からはわかりにくいだろう。でも自分にとっては、あることをするために一度、下ろす必要があり、その動作がとても大事だし、楽しい。

また、母は草取りをしていても、花の咲く草花はきれいだからと言ってそこだけ刈らないので、意味がないじゃないかとよく言われていたが、今、私も同じことをしている。ヒメジョオンだけ残して草を刈っていた。

同じだ。

本当に。

そして気持ちがよくわかる。


窓の近くのグミの木を剪定する。緑色のかわいいグミの実がたくさんついていたので花瓶に入れてテーブルに飾った。

5月5日（水）

雨。

落ち着く。

自分の人生の流れに、今までのところ、コロナは不思議なほど影響してない。逆に余計な迷いがなくなった。そして今は、本当に好きなことだけを家にこもってできている。何にも、誰にも邪魔されず、ずっとこもっていられることがうれしい。

テーブルのグミの実が赤くなってきた。

らっきょうを食べてみたら、最初よりも味がマイルドになっていた。これなら食べられる。

サラダ用の種をまた「野口(のぐち)のタネ」に注文する。三つ葉、ルッコラ、セロリ、チャードなど11袋。

映画「闇はささやく」と「グレイス―消えゆく幸せ―」を見た。どちらもちょっとおもしろかった。「グレイス」は途中からグッと引き込まれ、最後まで一気に見てしまった。

5月6日（木）

私の心を落ち着ける時間である毎朝の「ほとり」録音。

特に何も考えずに浮かんできたことを話す、私が詩を書く時と同じスタイル。

今日は、「人数や規模感の大中小、それぞれに見え方は違い、体験できるものが違う。それぞれに楽しみはある」という話。

速さなら、新幹線と特急、各駅停車。手段だと、車、自転車、徒歩。目に入るものが変わる。物事の楽しみ方は無限にある。

将棋の王座戦があったので、見ながらあれこれ作業。バタバタしていてあまり見られなかった。それでもそこでその対局が行われているということがいいのです。

そら豆と原木椎茸を買った。椎茸は干したらどんこと呼ばれるすごく肉厚のものだった。ソテーしてバター醬油で食べる。


今朝の話の感想が来た。

「今日のお話、とても励まされました。しんどい時しんどくない時の話、速度によって見えるものが違ってくるという話、うんうんと頷きながら聞きました。

それと、コメントの方と同じく私も銀色さんの最後の言葉、『じゃあまた』の言い方がとても好きです。できれば人生の最後もこんな感じで、『じゃあまた』と言って軽やかに去っていきたいです。笑
そんなふうに思わせてくれる言い方で、銀色さんの生き方が表れているな～と思います。」

人生の最後もこんな感じで「じゃあまた」と言って軽やかに…。

うん。これですよ。これこれ。いいですね。

5月7日（金）

「ここまで生きてこれてよかった。年の功というのか。自分を見るように他人を見る、他人を見るように自分を見ることができるようになった」と話す。

今日も家で作業。根を詰める。

朝方降っていた雨が上がった。雨が降るたびに庭の植物の様子が変化する。グーンと茎がのびて花のつぼみがついていく。

夜、映画「タイタニック」がTVで放映されていたのでちょっと見る。背景のセットなど興味深く。ケイト・ウィンスレットと並ぶとどうしてもディカプリオが幼く見えてしまう。

5月8日（土）

毎日一個ずつ、らっきょう漬けとカリカリ梅干を食べる。そのカリカリ梅は造園一家のお父さんにもらったもの。もう3年ぐらい前になるだろうか…。

グッズを送るのに、郵便局のクリックポストに初挑戦。まず、ダウンロードしたCSVファイルに住所を書き入れる。一括でできるはずの操作が何度やってもできない。あきらめて、ひとつひとつ打ち込む。

ふう。

それからプリントアウト。最初、何度か失敗した。同じのを重複したり。やっとできて、梱包作業。40個もあるので大変だ。これは時間がかかるとわかり、ゆっくりやることにした。今日明日でできたらいいことにしよう。丁寧にやろう。

スマホの画面に出てきたブラウスが素敵に見えて、ふと注文してしまった。2枚。セールで半額だったし。1枚2500円ぐらいだし。いいかと。中国製。

で、それが届いた。パープルのと草花の刺繍入り。見るとなんかイメージが違う。とても安っぽい。梱包も雑。

着てみた。ゆったりと着たかったのでXLを注文したんだけど、それでもなんとなくどこかが窮屈。モデルが着てるとよく見えるんだよね。

うーん。どうしよう。返品しようかと思ったけど、なにかあったらメールで、だって。メールするのも面倒くさい。もういいか。安いから。

でも刺繍の方の飾りボタンがあまりにもひどかったので切り取った。

夜、やっと梱包が終わった。やった!

5月9日(日)

昨日寝る前に、クリックポストは大きさ以外に重量制限もあって、それは1キロ以下だと知る。重さは考えていなかった。なので気になって気になって、夜中に目が覚めるたびに重さのことを考えた。重いのは1キロ以上あるかも。そしたらどうなるのか。月曜日に郵便局に出しに行く予定だけど、そこでもし受け付けられなかったら、他の方法になるのか…。

で、朝起きて、真っ先に重さを量る。いちばん重いもので800グラム台だった。ああ、よかった!うれしい気持ちで、畑に見回りに行く。

雨が降ったので草もよく伸びていた。そして前あった謎の四角い穴。その変形みたいのがたくさんあった。たぶん…、これは、鳥がくちばしでついばんだのではないかな。穴がすり鉢状にあいてたりするし。

今日は、あとで、畑の草取りをしよう。

ちょっと買い物へ。さつま芋の苗があったら買おう。

悔しいので昨日のブラウスを着ていく。パープルの方。よし。これから100回ぐらい着よう。そしたら、1回25円、…ってそれはあまり関係ないか。この夏はこのパープルと刺繍の年にしよう。

パープル、刺繍、パープル、刺繍…（結局、あんまり着なかった）。


道の駅にさつま芋の苗があった。20本で400円。どうしよう。もうひとつのホームセンターでも見てみようかな。あっちにはいろいろな種類があったような。

ホームセンターに行ったら、さつま芋の苗は売り切れ。

全部で5つの店に行って、食材やアイスクリームを買う。


午後。

畑で間引きと草取り。暑い中で夢中になってやったのでクタクタになる。

疲れを取りに温泉へ行こう。旧ジャングル温泉。ひさしぶりにゆっくり入る。日曜日だからかいつもより人がいて明るい雰囲気だった。

スイカやカボチャ、ズッキーニなどのウリ科の苗には、オレンジ色のウリハムシという虫が来て葉っぱを食べるそう。なので私も見に行ってみた。4つ植えてあるから。

すると！　そのオレンジ色の虫が何匹も付いて葉っぱがレースのようになっている。

おお！　悲しい。

どうすればいいのか。ビニール袋を切って円筒形にしてかぶせて「あんどん仕立て」にするといいそう。ガレージにある土の空袋を4つ持ってきて、底を切ってかぶせた。

今日は母の日。

昨日、サクとひさしぶりに電話で話した時、何かほしいものある？と聞かれた。「先月ジョウロを買ってもらったばかりだから。来年ダブルでもらうわ」

そして夜、カーカからラインでプレゼントメッセージが。買い物バッグをくれた。

その後、サクから同じラインギフトで1000円クーポン。ラインギフトが流行ってるのだろうか（そうだった）。

5月10日（月）

いい天気。

郵便局にクリックポストを出しに行く。去年、車のカギが閉まってしまって助けを求めた受付の女性がいたので、「いつかはどうもありがとうございました。車のカギが閉まって…」と言ったら、「ああ〜」と覚えてくれてた。

次に道の駅に行って、昨日見たさつま芋の苗を買う。「紅はるか」という種類だった。ついでにピーマンと賀茂なす、バジルなどの苗。あとマリーゴールドも。私はマリーゴールドの匂いが好きじゃなく、なんでよく畑に植えられてるのかなあと思っていたら、なんとこの匂いのためにある種の虫が寄り付かないのだそう。なので買ってみた。私も少しずつ仲間入り。

昼頃、気になってウリハムシを見に行く。あんどんを覗くと…、なんと、いるじゃないかウリハムシ。2つの袋の中にいた。あんどん、効果があるのか。かぼちゃのひとつの苗は完全に葉っぱがレース状態。中央のつぼみみたいなのだけが無事。うーむ。頻繁に見にこよう。

午後、仕事部屋で仕事。暑い。今年初のクーラーをつける。

昨日、野菜のタネを小さなポットに蒔(ま)いた。畑に直播(じかまき)するよりも最初だけポットで育苗した方が目が届くことに気づいたから。前は育苗なんて面倒くさいと思っていたけど結局この方が楽かもしれない。直播の方が適しているものもあるのでそれに合わせて。ゴボウや大根など直根性のものは移植むきじゃないそう。


夕方、畑に枯草を敷く。

天気予報を見たら明日から2週間、ずっと雨か曇りだったから。そして、畝立ての決定的な失敗に気づいたから。

タネを蒔く時、その下の土の宿根草の根を取り払わなければいけなかったのだ。それなのに私はそのまま蒔いてしまった。そしたら小さな芽のあいだからたくさんの鉛筆の芯先(しんさき)のような宿根草の芽が出てくる、出てくる。

今さら掘り起こせないので、よく切れる花切バサミでチョコチョコ先っぽを切っては伸び、切っては伸び、を繰り返している。なので少しでもそれを減らすために野菜の芽以外の場所に枯草を敷き詰めたい。

根を詰めて丁寧にやって、3分の1終わった。

疲れた〜。

5月11日（火）

朝、いつものようにICレコーダーで「ほとり」の録音をして、パソコンに録音データを移行しようとしたら、なんと接続不良でできなかった。

どうしよう。どうして？

もう1台のパソコンでやってみたら、結果は同じ。認識できないとかなんとか。そういえば3ヶ月ほど前から接触が悪くて、手で支えてだましだまし使ってきたのだった。ついにだまされなくなったのだ。

ああ。ショック。

姿が見えないところから声をかけないという禁を破って、セッセを作業中の家の外から呼んだ。窓から顔を出したセッセ。

細かく話し、やはり接続部が故障したのだろうという結論に。

あとで考えよう。

昼間は昨日の続き、雨が降り出す前に、枯草を全面に敷き終えたい。

枯れ葉を細かく切って菜っ葉のあいだに敷きつめる。コツコツ、コツコツ。渦巻き模様のように見えて素晴らしい…、と見ほれる。小松菜と大根とブロッコリーの、小さかったり虫に食われていたりする間引き菜を捨てようと思ったけど、どうしても捨てられない。持って帰って食べよう。ウリハムシがまたいた。1匹。

6時間ぐらいかかってやっと終わった。4時。雨が降り出した。

今日も温泉へ。今日はサッと入ってゆっくりしないで帰る。


間引き菜をサッと茹(ゆ)でて食べる。

自分が作った野菜は買ってくる野菜と全然違う。どれくらい違うかというと、自分の子供と他人の子供、自分のペットと他人のペット、自分の母親と他人の母親くらい違う。だから虫食いのひょろひょろした間引き菜をどうしても捨てられない。そのうち慣れるのだろうけど、初心者の今はすべてが大事に思える。


予備に買っておいたICレコーダーがあるはずと思い、引っ越し荷物の中からやっと探しだす。それで録音して、無事にアップする。さっそく予備を1台注文した。今度は接続をレコーダーから直接するのでなくコードでつなぐものにした。

その後、つれづれを書こうとアイコンをクリックしたら、なんと開けなくなってた。何かが見当たらないという。何度やっても同じ。

ドキッ。

落ち着こう。

まず、足の爪を切りにリビングへ。つれづれの原稿がなくなるとこまる。なくなることはないと思うけど、壊れたとしたら修理を頼まないといけないなあ。

どうしよう…。

で、パイナップルを食べてから、ふたたび仕事部屋へ向かう。

まず、こういう時は電源を一度落として、再起動だ。

そしたら、今度は大丈夫だった。ホッとした。やはりバックアップをこまめにとらないといけないね。さっそくSDカードに保存した。


外は雨の音。

南九州は、今日梅雨入りしたそう。去年より3週間も早い。

これから長い雨の日々。今はちょっとうれしい。

5月12日（水）

昨夜からずっと雨。

かなり強い雨が降っている。梅雨に入ったらいきなりこれ。

家でできる仕事をしよう。

宮崎県でもコロナ陽性者の数が増えていて、数日前にこの市内でもひとりでていた。先日ちょっと寒い日があって、くしゃみが立て続けに出て、頭もうっすら痛かったことがあり、あわてて体温を計った。35・8度。しばらくおいて2度目、36・2度。大丈夫かな、とホッとする。

体温、低いくらいだ。もっと体温が高くなりたい。平熱は高い方がいいそうなので。

世界には、夢を見させてくれるものと夢から覚ましてくれるものがある。どちらも重要で、それぞれに出会うべき時期がある、と思う。

雨の合間に畑に行ったら、一番大きい二十日大根がパカリと割れて白い中身が見えていた。あら〜。引っこ抜く。初めての収穫。

道の駅へ買い物。サクに家にある足ふきマットを送ってあげるついでにお米や食料を入れてあげるため。

足ふきマット、台所の床に敷くものがないみたいだったので、買うか、うちにあるのを送ろうかと話してて、いつも使ってるのと同じのが11枚もあるよと言ったら、それでいいと言うので、2枚送ることにした。

そう。18年ほど前、この家を建てる時に気に入って買った足ふきマット。タオル地でできていてまわりに麻布の縁取り。あまりにも気に入って11枚も買うとはね。六本木ヒルズのウチノタオルで。それがまだある。きれいなまま。少々色が褪せているけど。その中から送るね。

で、道の駅でお米などを買って、馬場さんに挨拶。一緒に売り場を眺める。ここは将来、こうしようか…などと。

夜はスナップエンドウとひき肉のカレー。カレーはひさしぶり。カレーはたくさん食べられるのでたくさん食べたら、食後、急激に眠くなる。

5月13日（木）

将棋の順位戦。時々確認しながら、さつま芋の畝立てをする。

畝立てはしなくてもいいかな…と最後まで迷ったけど、たまに雨がたくさん降った年に水がここまでくるから、さつま芋は乾燥したところが好きということなので、やはり畝を立てて、少しでも湿気を防ごう。そう考えて、グズグズしていた自分に気合を入れる。

やり始めたけど、最初はやはりやる気がなく、やめようかな…なんて考えた。でも半分ぐらいやったところあたりからおもしろくなってきた。丁寧に宿根草の根をほぐす。土がパラパラと落ちる。その土はやわらかい。

ゆっくり考えごとをしながら作業を進めていく。こうなると心は無重力状態。いつまでも楽しくやれる。

畝立てを終えて、枯草をかぶせる。

明日はここにさつま芋の苗を植えよう。

4時。遅いお昼に昨日買った辛いインスタントラーメンを作って食べる。インスタントラーメンはめったに食べないせいか、食後、胃がもたれた。近頃は自炊ばかりで加工食品をほとんど食べてないからかもなあ…と思った。

それから温泉へ。夕方なのにまだ電気がついていなくて薄暗く、熱帯の植物のシルエットを見ていたら湿った梅雨の匂いが漂ってきていい感じだった。

将棋は白熱。最後近くまで劣勢だったが、最後になって逆転。藤井二冠の勝ち。三浦（みうら）九段はずっと優勢だったのに途中、ミスしてしまったようで、冷却シートみたいなのでおでこを冷やしていた。終わったのは夜の12時半ごろ。

5月14日（金）

昨日の夜はラーメンのせいかお腹が空かなかったので、今日、昨日作る予定だったスパゲティを作る。

そら豆とプチトマトと野菜の新芽のスパゲティ。少なめに茹でた麵をオリーブオイルと塩で和えたサラダ感覚。彩りよく盛りつけて、見た目を楽しみ、食べるのも楽しく、味もよく味わい、食後もスッキリ。

明日から雨が続きそう。今日中に植え付けしないと。その前に、ホームセンターに行って防虫ネットを買って来よう。なすとプチトマト、ピーマンの苗を買ったのでそれを植えたい。今度はウリハムシ対策を最初からやるつもり。前に植えたカボチャはウリハムシに葉っぱを食べられて悲惨な状態になってしまった。

これでいいかな…と思う防虫ネットと細かい部品と、見かけて気になった落ち葉集めのカゴを買った。

さっそく設置。見よう見まねで。終わったと思ったら虫が中に入っていて、出したりしながら。

完成。

だんだん畑らしくなってきた。あれ？　前にカボチャ類にかぶせた4枚のビニール袋が貧弱に見える。防虫ネットが新しいのでそれと比較されて。

うーん。そうか…。なんか、そういうものなんだね。防虫ネットがない時にはビニール袋のボロボロさには気づかなかったのに。

5月15日（土）

朝から雷が鳴り響く雨です。

片づけや、たまに雨が止んだら庭へ。畑も見に行く。

ヒ素カレー事件の林眞須美(はやしますみ)に関する動画や息子さんのインタビュー動画をたまに見かけて、そのたびにちょこちょこ見ているが、幾人かの人たちが言うように私もこれは冤罪(えんざい)じゃないかと思う。保険金詐欺とかの犯罪は行っていたようだけど、無差別殺人の犯人ではないのではないか…。

ニラが半分あったので、それを使うためにキムチを作ることにした。白菜を買って、韓国唐辛子を買おうとしたら、見当たらない。韓国唐辛子がなかったらできないなあ。で、インスタントのキムチの素(もと)を買ってみた。これと野菜で作れるそう。

塩で白菜の浅漬けを作ったら、それはおいしかった。水気を切って、他の材料と干しオキアミなども一緒に漬け込む。

家におやつがなにもない。

冷蔵庫にりんごがあった！

薄切りにしてキビ砂糖とシナモンを振りかけてオーブンで焼こう。

楽しみに待ちながら、そのあいだにいろいろやる。

しばらくして、できたかなと見に行ったら、温度と時間を適当にしてたので黒焦げに。

ショック！

ひっぺがして、食べられそうなところをチマチマかじる。それでもおいしい。またりんご、買って来よう。今度は失敗しないぞ。

5月16日（日）

今日は晴れ間も出てる。

道の駅に行って、馬場さんと棚のしつらえ。そこに去年ここで会ったかわいらしい方がいらした。ヨッシーと仮に呼ぼう。ヨッシーさんは観光協会のSNSの写真撮影を手伝ってるそうで、今日はえびの高原に行こうとしたら霧がすごくてあきらめて、白鳥(しらとり)の田の神(かん)さあを撮ってきました、と写真を見せてくれた。その田の神さあは私は今まで見たことのない、石のお地蔵さんみたいなとてもかわいいものだった。おしゃもじとお茶碗(ちゃわん)を持っている。

「すごくかわいい。今度見に行こう」

それからついでに私の写真も撮ってもらう。商品棚の前で。

馬場さんによると、今、えびの高原に上がる道路の道幅を広げるためにまわりの木が伐採されているそう。

虫よけにマリーゴールドをもっと買う。6鉢。それからバジルとアスターも。

家に帰ってさっそく植え付ける。

マリーゴールドの匂い。これこれ。強烈。でも虫よけだと思うと、かえって頼もしい。ウリ科の野菜の近くや畝の空いてるところに点々と。

さつま芋も雨のあとは葉がしゃんと伸びている。

キムチを味見したら、化学調味料か何かの味が強く、それと、オキアミを大量に入れすぎてしまい、ぜんぜんおいしくなくて捨ててしまった。失敗です。

夜。ぼんやりとブランコに揺られながら…、ふと壁のガラスの照明器具2個が目に入った。ずっと点けてない。壁の飾り状態。点けてみようか。

点けたらきれい。でもガラスのすき間から漏れる光がビカッとまぶしい。なにかいい方法はないだろうか。

習字紙を中に入れたらどうだろう…。

やってみました。するとまぶしくなく、やわらかい光になっていい感じ。ただ、消すとガラスだけの方が感じがいい。まあ、いいか。これでしばらくやってみよう。

そしてその流れで、昔もらった素焼きの照明器具を思い出した。桜の花びらの形に切り抜いてあって、趣味じゃないので使ってなかった。捨てようかとさえ思ってる。それを持ち出してきて、左手にある最近ガレージから持ってきた木製の棚の上に置いて明かりを点けてみた。

すると、これまたいい感じ。

右にガラスの2個、左手に桜。

あいだでゆらゆら。

いい感じ。

5月17日（月）

朝からすごい雨。

雷も鳴ってる。風も強い。

梅雨前線の活動が活発で荒れ模様なのだそう。

ゴミ捨てどうしよう…。

横殴りの雨。傘をさして、行くことにした。

空は薄暗く、台風みたい。


今日は将棋の叡王（えいおう）戦の対局がある。見なくちゃ。相手は行方（なめかた）九段。

家の中の仕事をしながらのんびりしよう。


畑の畝立ての時に宿根の雑草の根をよく取らなかったので、野菜の芽のあいだから針の先のような草の芽が次から次へと出てきて大変。あまりにも小さい野菜の芽と草の芽。

もう、これは私の反省点。面倒がらずに取るべきだった。

それに、タネを密に蒔きすぎて間引きが大変。間引き菜を捨てることもできず、何回も、何十回も洗って、サラダに。苦しい日々。

しょうがないので、次のタネはミニポットで育苗することにした。

そのタネの芽が出始めた。

うれしい。今後は小数を大事に育てて、丁寧に植えつけたい（ほとんど枯れた）。

叡王戦、藤井二冠の勝ち。よくわからないけど、読みのすごさが光る勝負だったよう。

外は終日、雨。

今後、どれくらい長くこの雨模様の日々が続くのだろうか…。長そう…。

でも、雨は好き。

この時季をしっとりとすごしたい。

今月、私はどれくらい食費をひと月に使うか知りたくて、実験している（ただ月末に合計するだけなのだが）。

で、この一ヶ月はお酒を飲むのをやめようと思って（お酒代が高いと思ったから）、やめていた。でも6月からは飲み始めようと思って、先日シャンパン5本セットというのを注文した。

それが昨日届いた。すると、別にいいか〜と飲み始めた。

その5本。半額（ホントか？）で1本2千円ぐらい。いったいどの程度の品だろう…と調べてみた。すると、その中の1本のコメントに、「味がスッカスカ！」というのがあって興味深かった。スッカスカってどういう味なんだろう？

興味ある。今日はその「スッカスカ！」を飲んでみよう。


飲んでみました。

ふーむ。これがその人のスッカスカの味ね…。

私の感想は、確かに…特においしいとは、思わない。

私が、おいしい！と思うお酒はたまにしかなくて、それに出会ったら飽きるまで飲み続ける。今は特になし。

たまにある、あの「おいしい」に出会いたいわ。

たまには高いお酒も買おう。いつも2千円ぐらいのだから。


今は夕方。

薄暗くなってきた。

今日も終わるわ…。

特に何もしなかった。

今日が終わる…。

5月18日（火）

外はどんより薄暗くて、雨。

「ほとり」で老後について聞かれたので、「私は死にやすくなるように生きている」という話をする。けっこう楽しかった。

今日、ひとりでえびの高原への道を車で上ってみた。途中からうっすら霧が出てきた。伐採の現場も通る。

ああ、これか。木が切られてる。数メートルの長さに切られて道のわきに置かれてる。大きな幹。小枝は小山になってる。

様子がわかったので引っ返そうと思うけど適当な場所がなく、ずんずん山の方へと上るしかなく、進む。

霧、というか雲？がどんどん深くなる。

だんだん視界が真っ白に。

ホワイトアウト…。

対向車が来た。2台。おっと。

先が見通せず、怖い。

ものすごくゆっくり進む。高度が高くなり、温度が低くなる。

やっと路肩に空間があったのでUターン。段差があり、ゴットン。その先は森の斜面で、ちょっと怖かった。

下りもゆっくりゆっくり。

さっきの伐採の現場を通り過ぎ、しだいに気温も元に戻る。

民家がでてきた。

あの田の神(かん)さあを探そう。公民館という看板を見つけた。ここかなと左折。

そこに着いて見渡すと、端っこになにやら小さなものが。

あった。これだ。

思ったより小さい。小ぶりの石の田の神さあ。かわいらしい。パチパチと写真を撮る。紫陽花(あじさい)のつぼみと一緒に。

スーパーで野菜やお肉、お魚、お菓子類を買って、家に帰る。

雨が上がってきたので、芽の出たポットを4つ持って畑へ。

草がのびてる。これは、晴れたら、抜本的に深いところから抜こう。この旺盛な多年草の雑草をどうにかしなければ。思い切って大胆にやろう。野菜の芽が少々消えてもしょうがない。

ポットの野菜を植えて、雑草（たぶんチガヤ）を少し掘り返して抜く。

ネットフリックスのドラマ「瞳の奥に」を見終える。ちょっとおもしろかった。

5月19日（水）

今日も昨日と似たような雨。

今日はヒマ。何もすることがない。

午後、雨が上がったので畑に行って草を取る。ついでに小かぶと二十日大根の間引きをする。間引き菜を捨てられず、ちょこちょこと土に植える。

50個ぐらいあった。

畑の作業、最初は面倒だったけど、やっているうちにだんだん楽しくなってきた。座り込んで熱中する。間引き菜のいくつかでも実になったらうれしい。どんどん楽しみが増してきた。母も昔、遅くまで畑にいたのはこういう気持ちだったのかと思う。

熱心に移植していたら、空からプロペラ機のような音がする。見上げると、セスナ機のような機影。ゆっくりと飛んでいる。それが3〜4回あった。

近くの陸上自衛隊霧島演習場では、日米仏3ヶ国の共同訓練が行われていた。先日は、「オスプレイの飛行訓練は中止になりました」と有線放送で流れていた。それと関係するのかも。

ニュースWEBによると、「陸上自衛隊が国内でフランス陸軍と訓練を行うのは初めてで、海洋進出の動きを強める中国を念頭に、アメリカだけでなく多国間で連携を強めていることをアピールする狙いがあると見られています」とのこと。

ほう。世界の動きがこんなところに。

私はセスナ機みたいな飛行機の下、今日はたまたまモンペを着て、二十日大根を植えつけてる。

なんか、戦時中を思い、「いっけん平和な田舎の畑に二十日大根を植える女ひとり、このあとに起こる惨劇をまだ知らず…」と映画でも見るように想像する。

クリームチーズの山椒の葉入り味噌漬け。

昨日、仕込んでおいたのを食べる。おいしい。これは今後も作り続けたい。

筍の木の芽和えを作った時の山椒味噌で作ったのだが、実は木の芽和えはそれほどおいしくなかった。白味噌がなかったので茶色い味噌で作ったからイメージと違って。で、山椒味噌が余ったので、そうだ！クリームチーズを漬けよう。クリームチーズの味噌漬けの要領で。ということで作ったもの。

5月20日（木）

今日は大雨の予報。

明け方から風雨が強い。終日、雨かな。

noteで有料音声ブログを始めて1年半がたち、やっと慣れてきた気がする。

話していて落ち着く。

これは、私のイメージでは、こういう感じ。

長い人生の日々。淡々と、ゆっくりと、過ごす日々の中の毎日の散歩。

散歩道の途中にある気ままなお店の店主と毎日交わす15分ぐらいの会話。昨日、こういうことがあった、あれはどうした？　これはいったい…など、ポツポツと言葉を交わす散歩の途中の立ち話。

そういう感覚でやっている。

毎日の散歩の途中の立ち話。雨の日も晴れた日も。いつも、いつも。

なので、話していて落ち着く。精神の安定剤。

さて、そんな今日、「マンチェスター・バイ・ザ・シー」を昨日見たのに、そのラストをどうしても思い出せない、という話をした。

もう一回、ラストだけチェックしようと、さっき、見直してみたら、なんと、最後まで見ていなかったことが判明。

なんだ。半分までしか見てなかったんだ。思い出せなかったのも当然。で、最後まで見る。しみじみとした映画だった。

午後、雨が上がったので、サッと畑に行って、今日はキャベツの間引き菜を植え替えよう。もう植える場所があまりない。端っこの草だらけのところに無理矢理に植える。ちょっとでも育ったら儲けもの。

note だが、実はもうひとつのイメージがある。小さな宇宙船にひとりで乗っている私。遠い遠い宇宙から毎日の通信。一方通行の。

元気ですか？

私は元気ですよ。

こうやって、こんなことを考えています。

すべてが、現実は、現実のようで幻、幻のような現実。どうとでもとらえられる。

自分の手で触れられる現実の中で、うまく、生きていきましょう。

そう伝えるために、宇宙船から、毎日のメッセージ。


この世にひとつでも（多く）、信頼できるつながりがあれば、それはとても助かることです。

5月21日（金）

今日も雨のあいまに畑へ。

落花生10粒を4ヶ所に分けて急いで植えつける。もう植える場所がないので、抜いた雑草置き場の草をレーキでよけて、そこに植える。そこはじめじめしていて苦手な場所。葬儀屋と呼ばれている虫がたくさんいる。

枝豆の苗もひとつ、マリーゴールドの隣に植えた。

雨がポツポツ降ってきたので急いで帰る。


牛乳はあまり好きではないのでめったに買わない。時々、チャイを飲みたい時などに買うくらい。

午後、そんな牛乳が余っていたので思い切ってプリンを作ってみた。

フライパンで蒸すプリン。ケーキ型しかなかったのでそこに浅く流し込む。高さ1・5センチ、直径18センチぐらいの平べったいプリンが完成。

ひと口ふた口はおいしかったけど、私はプリンはそれほど好きじゃない…ということを改めて思った。普段からそんなに食べたいと思わないしね。半分食べて、半分は明日。

5月22日（土）

今日は曇りのち晴れの予報。

今は曇ってるけど、午後、晴れたら庭の作業をしたい。クロモジの枝の誘引、アザミを根元から切る、花から摘み。

洗たくマグちゃん、その後、いろいろな人がアルカリ度の実験をされている。私も、生乾きで変なにおいのTシャツがあったので、それだけを1枚、洗たくマグちゃん4袋のみで洗ってみた。

今、干しているところ。これで生乾きの匂いがとれるか…。楽しみ。

(とれました。ただ、その理由がマグちゃんなのか、もう一度洗濯したのがよかったのかはわからない)。

どうやらマグちゃんを使う時はマグちゃんだけ、洗剤を使う時は洗剤だけというふうにして、一緒に使用しない方がいいらしいというようなことを誰かが言ってた。

貫頭衣のような簡単な湯上り着を浴衣の生地で作り、孫がおばあちゃんにプレゼントという記事を見て、私の心がピカリと光る。

前にタヒチで買ったパレオ。引き出しで眠ってる。それで温泉に行った時の湯上り着を私も作りたい。ここここを糸で縫えばできそうだ。

で、チクチク縫って完成。いいのができた。でもはたしてこれを着ることがあるだろうか。今度、近所の温泉で着てみようか。

春菊のタネを密に蒔きすぎて、小さな芽がぎゅうぎゅうに出ている。間引かなければ。間引くのはけっこう大変。じっと見て慎重に、というのが疲れる。でもしようがない。特に小さくて密になってるあたりを大胆につかみ取る。

それを、例によって捨てられない。1センチぐらいの大きさの葉っぱをかじると春菊の濃厚な味がする。どうにか使えないだろうか…。薬味にしたらいいかも。

で、大根と豚肉のしゃぶしゃぶを作って、薬味にした。小ネギ代わり。そうしたら、とてもおいしかった。

5月23日(日)

今日は快晴。

雲ひとつない青空が広がる。こんな天気は20日ぶりぐらいかも。

さわやか。

洗たくして外に干す。それからしげちゃんちに行く。セッセから、今日は午前中いないので一度見に行ってほしいと言われたので。

しげちゃんち。ドアの取り外された玄関を覆っていたブルーシートの代わりに木製の手作りドアがついていた。よかった。ふわふわと前後に簡単に開け閉めできるドアだけど、前のブルーシートよりずっといい。窓には波板が打ちつけられている。

しげちゃんは庭の椅子に座っていた。ここまで歩けるんだなあ。

ついでなので山の麓を10分ぐらいドライブする。田んぼの周りをまわって。桜並木を通って。

その後、用事で買い物に出たので、花の苗3鉢とおはぎを買って持って行った。明日はしげちゃんの誕生日なのでね。92歳かな。年齢がいつもあやふやになってしまうが、確か92。


午後、草取りカゴのカートを押して庭を一周しながら目についたところの手入れ。クロモジを紐で誘引。痛いアザミを根元からカット。つる性の花を雨どいの方に針金で誘引。あれこれと気になっていたことをやり終えるたびに幸せを感じる。

畑では、斜面の草を刈って、カボチャをカバーしていた4つのビニール袋はもう捨てて、下草を敷いて、全体を観察。花を植えたので鮮やかなオレンジ色がところどころに丸くかわいい。マリーゴールド。今では前とは違う気持ちで見ている。


夕方もう一度洗濯して急いで干す。5時24分だけど。最後の爽やかな風を当てよう。明日は雨だから。

蚊のいない世界は今だけ。もうすぐ、蚊の時季。そうしたら12月ごろまで完全防備でいなければ。

夜。

ガラス瓶に作っていたビワの葉エキス、ドクダミエキス、ローズゼラニウムエキスを濾して液体だけを瓶に詰める。2年前のもの。いつかやらないとと思いつつ、やっとできた。結局、あまり大量には使わないということがわかったので、次からは使う量だけ仕込もう。去年のドクダミエキスもあって、まだ葉っぱと花が入ってる。これは今のがなくなってから。

残ったビワの葉などはお風呂にいれよう。ハーブティーを作ろうと乾燥させていたハーブ類も結局飲んでないので、それもお風呂で使おう。生のミントをお風呂にいれるといいと聞いたので、外に茂ってるミントでミントバスもできるだろう。

お風呂のことを考えるのはこれから。

今後、庭と畑が落ち着いたら考えたいのは、お風呂、睡眠、深呼吸など。

5月24日（月）

今日は雨。

ずっと降るかと思ったら、午後、すこしやんできた。

畑に行って葉もの野菜を取ってくる。よく洗って。小さいので本当によく洗わないといけない。サラダにして食べたら苦いのがあった。どれだろう。気になる。

明日、種を植えるために、ポットに土を入れて湿らせておく。薬味やハーブ類の種を11袋も注文してしまったから。小さなマイクロリーフのおいしさに目覚めて。でももうあの時の感動はおさまってきたので、ちょっと面倒くさい。

濾したあとのドクダミの花と葉っぱを不織布の袋に入れて、お風呂に入れてみた。さすがにエキス分はもうないよう。でもぎゅっと絞って嗅ぐとかすかに草のいい匂いがする。

夜。昨日買ってきた青梅で梅シロップを仕込む。すごく大きな梅だなあ。

5月25日（火）

夜、ちょっと寒くて目が覚めた。ここ2〜3日、夜中に目が覚めて眠れなかったのは寒かったからだ。ブランケットをもう1枚かけたらぐっすり眠れた。

最近、シンクまわりに小さなアリがたくさんいる。

しまった！

どこか窓を開けっぱなしにしていたか。こうなるとどんどん出てくる。最初は一匹ずつ窓から外に出していたけどもう追いつかない。で、ガムテープでくっつける。限りなく出てくるので捕獲機を手作りした。割りばしの先にガムテープをくっつけて発見するたびにそれでペタリ。

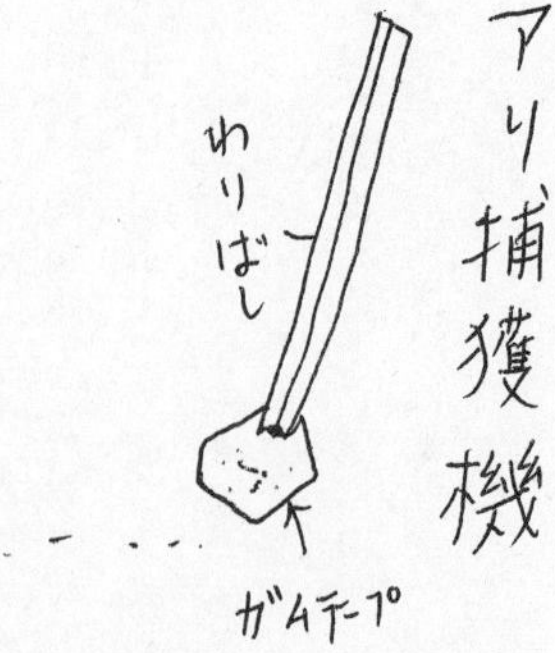

アリ捕獲機
わりばし
ガムテープ

毎日、窓から庭を見て草木の生長を感じる。

生命力があふれ、いきいきと茂ってる。

私がいつも目を光らせているからこんなにも元気なのかもと思った。目と手と気をかけているからね。

草木が応（こた）えてくれる。すると私もやる気になる。

風通しの悪いところをスッキリさせてあげよう。

草木が私を操作している、とも言える。お互いに相手に影響を与えている。

相手を変えていく。

人との関係も同じだなと思う。

ハーブのタネをポットに蒔いた。剪定(せんてい)したラベンダーは挿し木に。

庭先に植えたピーマンの苗は枯れそうだ。

畑の作業をしていたら、近くの交流センターに勤めている顔見知りの方が車の中から話しかけてきた。確かサクの保育園で一緒だった方。ヨガなどいろいろなクラスがあるのでよかったらどうぞって。クラスの案内を郵便受けに入れてくれるそう。

習い事かあ…。どうしよう。考えてなかったけど。落ち着いたらいいかもなあ。

夕方、その手紙が入ってた。いろいろある。激しい運動系はやめよう。やるとしたら、ヨガ、ストレッチ、絵、習字、かな。いつか体験してみようか。

5月26日（水）

小さなアリがまだ出てくる。これは、どこかにアリの道ができてるのかも。

「アリの巣コロリ」がいいですよと教えてもらったので、今日、買いに行こうか。

どんよりとした曇り空。今日は晴れの予報だったから大物をたくさん洗濯して太陽に干そうと思っていた計画が崩れた。なので、少なくして室内に干す。

庭、畑、ちょろっと行って、戻る。

特にしたいことがない。時間を持て余す。交流センターに行って、いくつか質問してこようと午後、出かけたら、昨日の人がいなかった。と、思う。事務所が暗かったから。で、ぶらぶらとそこにあったチラシなどを見て、1枚、手に取って、なんとなくもらう。

人々の話し声、笑い声が聞こえる。何かやってるよう。だんだん気持ちが沈んできた。

で、チラシを手に家に帰る。やっぱりやめようかな…。

絵とヨガだけ、いつか、見学しようかな。

家に戻って、やる気なくしばらく過ごす。本当は引っ越しの荷物の整理とかいろいろやることはあるけど、やる気にならない。なので、家の中をぶらぶら、あっちこっち、だらだらする。

こういう時もある。こういう日でも、何かはやってる。何かになってる。

注文していたワインとおつまみが届いた。立て続けに2箱。にんまり。カリフォルニアのシャルドネ、奈良漬けとクリームチーズのオードブル。おいしくいただきながら、小さく作業。

5月27日（木）

昨日の夜はすごい雨で、夜中に飛び起きてタネを蒔いたポットを外から軒下に移動する。

去年収穫して冷凍しておいたレモングラスのことをすっかり忘れていた。それを昨日思い出して、レモングラスティーを作って飲んだらおいしかったのでまた作ろうとガラスのティーポットを探したけど見つからない。どこだろう。ふたはここにある。台所のシンクのところ。本体部分は？　落ち着いて。目を凝らす。ないはずはない。どこかに絶対にある。

ない。ない。

あちこちじっくり探すけど、ない。

テーブルにも、仕事部屋にも。

あきらめて、乾燥したビワの葉を今日の夜にお風呂に入れようと思って、忘れないようにお風呂場にトコトコ持って行ったら、そこにポットがあった。そうだ。このレモングラスもお風呂に入れようと思ったんだった。なんだ。

雨なので、引っ越し荷物の整理のために仕事部屋を片づけよう。まず、今まで作った本をすべてリビングの床に並べる。保存用とか資料用とかに分けて、きれいに整理してどこかに収納したい。雨がやんで、暑くなってきた。汗を拭きながらすべての本を移動する。

全部の本がずらりと並んだせっかくの機会。こういうことはもうないかもしれないので動画を録ろうと思いつき、端っこから手に取って説明をする。10冊ぐらいでもう15分ぐらいたった。これは小刻みにゆっくりやらないと。ホント、ゆっくりやろう。

5月28日（金）

朝起きて、台所に行ったらびっくり。一ヶ所にたくさんのアリが群がってる。これは、今作ってる梅シロップが垂れたのかも…。

ショック。

この多さではもうアリ捕獲機では無理。アリの道も大渋滞。

それにしても…、となすすべもなくじっとアリを見ていた私は思う。

このチームワークと勤勉さのすごさ。

「こっちだよ」と合図。絶え間なく動く、働き者。

そして、目につかなければ邪魔にならない。

今は私の台所に来たから人間の私は「退治しよう」と思ったけど、これが先日までの端っこの活動だったら、私の生活とあまりかぶらないので邪魔と思えるほどではなかった。それだったら共存できたかもしれない、と思うほどの異次元活動。

ホーッと幾たびも感心する。

ま、でも、今回は別。

すぐにホームセンターへ走り、「アリの巣コロリ」を買ってきた。文明の利器にお世話になろう。そしてシロップを垂らさないように気をつけよう。

でもおかげでどこから入ってきているのかが分かった。床と壁のわずかなすき間だった。ここね。覚えとこう。

今日もどんよりとした曇り空。

何もする気にならない。やることも特にない。ああ…、なんだか気が沈む。

私は、説明するのが嫌い。教え諭すのも苦手。
特に、自分でする自分の説明は、たいてい不正確だと思ってる。
トウモロコシの苗をついでに買ってきたんだった。4つ入りポット。これを近々、
植えてみよう。
小さなジャガイモを買ったので、肉じゃがを作る。

午後。沈んだ気持ちのまま。テレビをつけてチラッと見たり、庭を散歩したり。
百合(ゆり)の花が咲いていた！
白い百合だ。
最近、球根植物の強さを思い知る。球根はその中に栄養があるからタネよりも強い。
だから必ず伸びていく。それに対する責任というか、受け止める覚悟がいる。
また今年もぐんぐん伸びていく。
去年よりも大きく伸びていく。

5月29日（土）

アリがまったくいなくなった。おお。すごい。

今日からしばらく天気がよさそうなので外に出て働こう。

おそい朝食を食べて畑へ。トウモロコシの苗を植える。落花生のタネを見ると、大きく膨らんでいたけど生きているのか虫に食べられてるのかわからなかった。

午後、自著本の紹介動画の続きを録る。6つ目。まだまだ終わらない。これが終わったら、1冊ずつのを録ろうか。でもYouTubeはあまり私には向いてないと感じる。あんまりやりたくない。それよりも今、気になるのは門倉コーチの行方だ。

今日はなんだか気が滅入る。

こういう日ってある。

気が沈んだまま買い物。

お米や玉子を買った。お米屋さんのおばちゃんが親切で、心がホッとした。こういう、人の温かさが沈んだ心にはよく効く。

気が沈んだ時によく思うことは、「この気の沈みは必ず2~3時間もすれば消える。それだけは確かだ。だからこの2~3時間だけを乗り切ればいい」。

たぶんだれにでもこういう時はある。

さて、今は夜の8時すぎ。お風呂上り。

気の沈みは減ってきた。まだ少しあるが。


違いを自覚すること。

あの人と自分は違うんだ、違うんだ。

あの人のようになりたいと、羨ましいと、思わなくなった時が解放される時。

5月30日（日）

今日はすごい晴天。

暑い。

ひさしぶりに食料の買い出し。野菜の苗もちょっと見てみた。カボチャ、なす、ピーマン。いきいきしたのがたくさん。綿の苗も大きいのがあった。私の畑と庭の苗は瀕死の状態。葉も黄色くなって今にも枯れそう。綿の苗も全然大きくならない。買い足そうかとしばし考える。でも、面倒になって、買わなかった。

椎茸の小さいのが袋いっぱい入ってるのがあったのでいそいそとカゴに入れる。これは大好き。小さくて柔らかくて、バター醤油炒めにするととてもおいしい。

青空の中を、ドライブ気分で帰る。

さっそく畑の苗を見に行く。

カボチャ2つとズッキーニにはウリハムシがたくさんついてた。10匹ぐらいも。弱ってるからますます。庭のピーマンは枯れた。オクラと綿は小さいままだ。

ポットに蒔いたタネも生育が悪く、弱々しい。

うーん。

唯一買ってきた10センチほどの小さなルリトラノオを塀のわきに植えつける。暑さが和らいだら庭の手入れをしようか。伸びた草や葉っぱを整理して、花がら摘みなど。

午後、草取りと庭木の剪定。長く伸びた草の穂や育ちすぎたスミレの葉を地際からカットする。

5月31日（月）

今日も晴天。爽やかな朝の空気。

ゴミを捨てに行って、畑をチェック。ズッキーニの花が咲いていたけど、この苗の小ささだと花を摘んだ方がダメージが少ないと思い、摘んでまわりの草の上におとす。

そして早く肥料になるように足で踏みつけた。

一周して、ズッキーニの花が気になった。ズッキーニの花は甘くておいしいんじゃなかったっけ？　そうだ。捨てるなんてもったいない。イタリアンの前菜でモッツァレラチーズを中に入れて天ぷらにしてるじゃないか。あわてて拾い上げる。足で踏んだ花。でも草の上だったのできれい。よかった。

家に持って帰って洗って水にさす。あとで味を見てみよう。楽しみ。

今日は将棋の日。叡王戦。対局相手は仲のいい永瀬王座。こちらも楽しみ。

始まる前にドクダミの花を摘む。去年仕込んだドクダミチンキに花を追加しよう。花に効能が多いそうなので。

花をよく見たら、咲いたばかりのきれいなのと数日たったようなのがあった。きれいなのを選んで摘む。きれいなのは20個ぐらいしかなかった。

今日は5月最後の日。

今月は食費にどれくらいかかるかを調べているので今日の夜に結果がわかる。計算するのが楽しみ。それによって今後の人生計画を立てよう。

ズッキーニの花の天ぷらは新鮮さが命！と書いてあったので、すぐに作る。モッツァレラチーズがないのでクリームチーズを入れて、余ってたホットケーキの粉を水で溶いて、ミニフライパンを使って最少の油で1個、揚げる。

塩コショウをふって揚げたてを食べたらすごくおいしかった。これはいい。


将棋の昼休みにまた畑へ。

さっき将棋を見ながらカットしたウリハムシ対策の防虫ネットをかける。

草刈りをちょこちょこする。里芋は芽が出なかったなあ。腐ったのかな。上の方が切ってあったしね…。と思いながら埋めた穴をきれいにしてたら、なんと！

小さな芽のようなものが見える。新芽か！　すごくうれしくなって、枯れ草でそっとカバーする。もうひとつの穴は変化なし。

うれしくなってきた。

6月

6月1日（火）

今日もいい天気。

ゴミ出しに行ったついでにまた畑をチェック。

落花生を植えたところを枯れ草をかき分けてそおっと見ると、あれ？

緑色の新芽が見える。生きてたんだ。テンションがあがる。

ここしばらく野菜が虫に食われてばかりでしょんぼりしてたけど、昨日からがぜんやる気が出てきた。がんばろう。


5月のひと月、ほぼ自炊してひとりで食費をどれくらい使ったか計算してみたら、だいたい4万5千円だった。1日あたり1500円だ。

なるほどふむふむ。わかった。これでなんとなく今後の生活費の計算ができる。これに水道光熱費や通信費などのランニングコスト、車両費、消耗品、嗜好品、趣味のものに使うお金、雑費などがその時々で追加される、と。

食費は意識して節約しようと思えばもっと節約できるだろう。

6月2日（水）

今日は観光課の馬場さんに誘われて、ヨッシーさんと3人でミヤマキリシマが見事だという大浪池（おおなみのいけ）へハイキング。

天気予報は曇り。でも今にも降りそうなどんよりとした空模様。

途中の駐車場で待ち合わせ後、相乗りしてえびの高原へ。そこから大浪池へと向かう。なだらかなハイキングコースで、ミズナラの林やアカマツ、カズラなどをゆっくり見ながら歩く。写真を撮ったり葉っぱを観察したり、かなりののんびりペース。

途中、雨がパラついたけど大丈夫で、韓国岳（からくにだけ）との分岐点にある木道周辺のミヤマキリシマが満開ですごくきれいだった。

そこから大浪池が見下ろせるところまで少し登ったあたりに、お花畑と呼ばれるミヤマキリシマの群生があった。盛りは先週ぐらいだったか。でも谷間に雲が垂れこめて、とても幻想的。

そこに着く直前、ひとりでハイキングしている黒ずくめのミステリアスな女性と遭遇した。神戸（こうべ）から鹿児島に用事で来たついでに昨日から山登りをしているという。雲が濃くなって、近くにいた方から引っ返した方がいいと言われて、どうしよう…と迷っていたところだったそう。

馬場さんがお花畑はこっちですよと案内してあげて、一緒にミヤマキリシマの群生を見た。空が明るくなって、景色もきれいで、とても感動されていた。

一緒にお弁当を食べましょうと馬場さんが誘って、4人で池を見下ろす岩場で思い思いの場所に腰掛けてお弁当を食べる。その時だけ雲がサッと晴れて明るい太陽の陽ざしが差し込んだ。

下りも一緒に同じ道を歩く。いろいろな木や植物の名前を知っている馬場さんが植物の説明をしてくれる。私がいちばん好きだった木は犬ざんしょう。

えびの高原の駐車場にたどり着いたころにパラパラ雨が降り出した。別れぎわ、その女性がお礼にと私たちにお菓子を買って渡してくれた。

それから私たちは新湯温泉へ。白濁したものすごい硫黄の濃い温泉。ちょっと浸かっただけでポカポカ。まさに火山の地獄鍋に茹でられてるって感じ。

そなえつけのバスタオルを巻いて混浴の露天風呂へ。だれもいない。以前、ここに露出狂の男がいたなあ…と思い出にふける。若い男性が裸を見せつけるように段差に座っていたっけ。ああ、気持ち悪かった。

硫黄の匂いに包まれて家に帰る。

とても疲れて早めに熟睡。次はえびの岳に登りたい…。あとアザミの季節にまた行きたい…。ミヤマキリシマの群生の近くにアザミの群生があったから…。

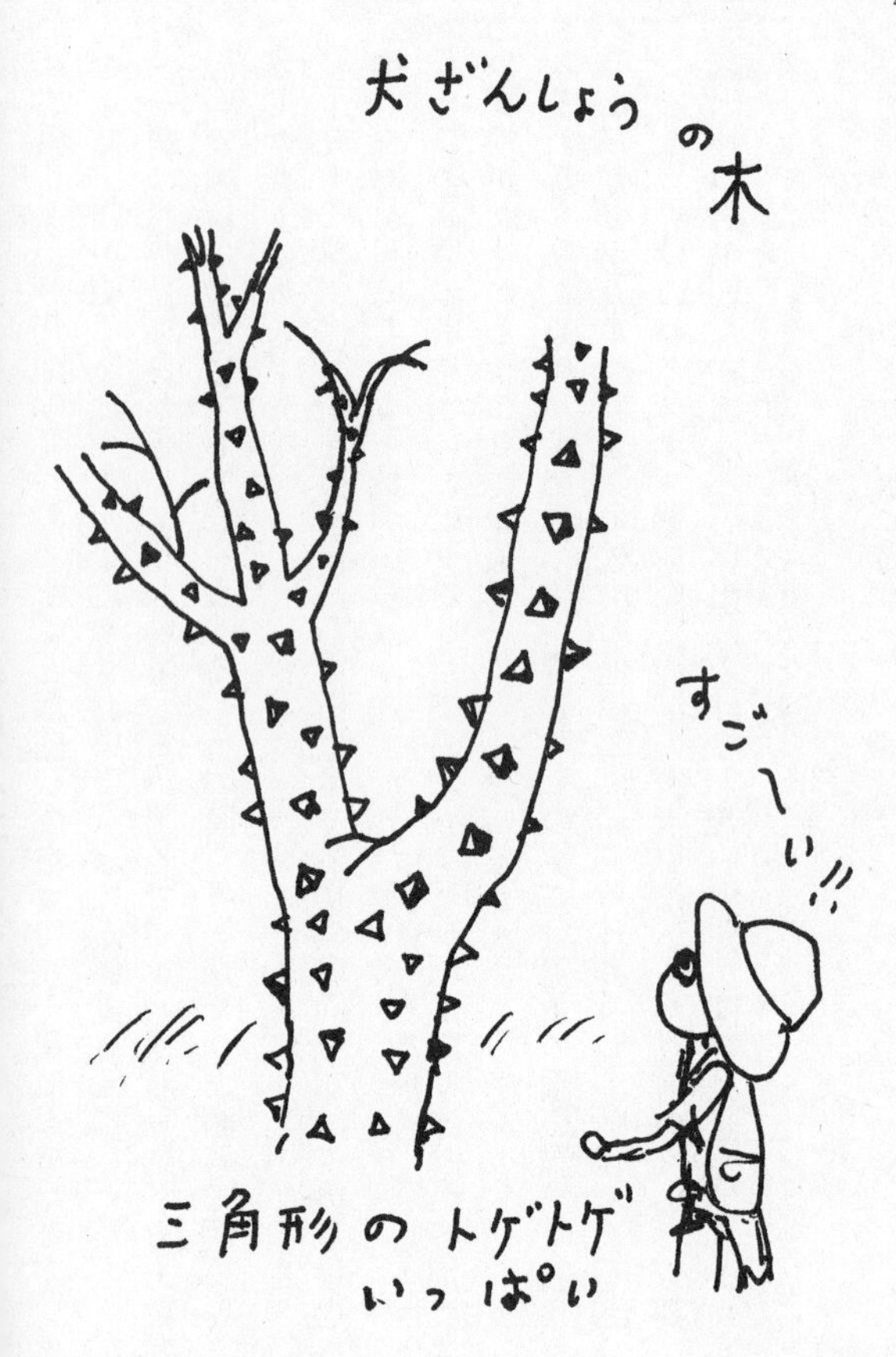

6月3日（木）

今日は豪雨の予報。すでに昨夜から激しい風雨。

将棋の順位戦があるので一日じっくり観戦しよう。

ヒマなので、玉ねぎ染めに挑戦してみる。玉ねぎの皮を煮て、黄色い汁に白いハンカチを糸で縛って入れよう。絞り染めだ。ミョウバンがないので、玉ねぎの皮を煮詰めるところまでやる。黄色い煮汁ができた。

白い素焼きの照明器具の白さがずっと気になっていたので、それも染めてみよう。鍋に直接沈めていたらちょっとベージュ色っぽくなってる。いい感じ。コーヒー豆でも染まりそうなので、コーヒー液にも豆と一緒に漬け込む。


将棋は熱戦。夜の1時10分まで続いた。私は9時ごろからもう眠くて眠くて、うとうとしながら見てた。もうどっちが勝ってもいいという気分。

稲葉(いなば)八段の勝利。

6月4日（金）

今日も雨。

あとでミョウバンを買って来よう。

今日も特に予定はない。

車の販売店から聞いていたが、新車の車庫証明のハンコをもらいに司法書士さんが来て、すぐに帰って行った。こちらの顔をまともに見ない、口下手そうなおじいさんだった。

買い物へ。ついでに苗をまた買う。ナス、カボチャ、スイカ、プチトマト、百日草、綿花。

さっそく買ってきたミョウバンで玉ねぎ染めの色止めをする。きれいな淡い黄色になった。素焼きの照明にはコーヒーのいい匂いが沁みついている。

6月5日（土）

スーパーで私は今、シールを集めている。ホーロー容器やフライパンが半額で買えるというシール。それが今日までなので買い物に行って、あと10枚、1万円分買わなきゃ。と、心は忙しい。

帰ってから、昨日買った苗と自分で育てた苗を畑に植えよう。あ、畑じゃなく、菜園と呼ぶことにしたんだった。

行ってきました。ホーロー容器2個、フライパンの大小を半額で買いました。

苗も植える。途中から雨がぱらついたので急いだ。無事に根づくか。ポットで育てた新芽はあまりにもよわよわしく、これは虫に食べられそうだな。

6月6日（日）

朝、菜園を見に行く。

すると！ なんと、昨日植えたナスが、ポコリとそのまま、植えた根っこごと土から飛び出て倒れてる。

どういうことだろう…。まわりにも小さな穴がところどころにある。

たぶん、夜中に動物が来たんだろう。小さなイタチみたいな…。そういえばハクビシンの被害がでてるって聞いたような。

ううむ…と思いながらもう一度植えた穴に戻してまわりをぎゅっと押さえる。

宅配業者から電話が来て、きょう午前中配達指定の商品が手違いで午後になります…と本当に申し訳なさそうに女性の方がおっしゃる。

ああ、ワインだ。

「いいですよ～。急いでないので、全然いつでもいいです」

と答えたらとても恐縮してホッとしてらした。時間指定したのはワインショップの方なので本当に私はいつでもいい。こういう時は全然大丈夫ということを強調することにしている。時々、相手の弱みにつけこんで、実害はないのに怒る人がいる。そういう人を軽蔑する。

将棋の棋聖戦、第一局。藤井棋聖対渡辺名人。

場所は木更津の龍宮城／スパホテル三日月。行ったことある。数年前に家族で。プラチナと金の浴槽があった。ホテルの紹介もされて、懐かしい。

将棋は最初から白熱。

途中、私の好きな阿部光瑠棋士がちょっと出てきておもしろかった。坊主頭になっていて、理由は母親に髪の毛をカットしてもらったら失敗してしまい、坊主にしたのだそう。過去にも一度あったらしい。笑った。

午後、ワインが届く。配達の方もすみませんと謝っていらした。いえいえ〜。
すぐに冷やして、将棋を見ながらつまみを作る。昨日残ったタコぶつのから揚げ。
ついでにポテトチップも作る。じゃがいもを一個、スライサーで薄くスライス。
やはり揚げたてのポテチは最高においしい。
夕食にローストビーフを作ったらおいしくできた。

結果は藤井棋聖の勝ち。5回勝負で、まだ続くので楽しみ。

6月7日（月）

朝、ゴミ捨てに行くためにゴミを集める。
ついでに洗面所まわりの片づけ。日焼け止めや、オイル、歯磨き粉がたくさんある。
古くなったオーガニックの日焼け止め、オーラソーマも、使わないのでもう捨てよう。
洗ってきれいな瓶だけとっとこう。
　このオーラソーマ。水色と青の。
　香りもよく、化粧水として使えますと言われて、使い方も教えてもらったけど結局
ほとんど使わなかった。最後はトイレのフレグランスにしたけどそれほど効果はなく、

もういいや。

お出かけ前につけたらいいですよと、儀式的なつけ方を教えてもらったけど、数回やっただけで面倒になってやめてた。効果を感じられず。というか、私はもともとこういうおまじないや占い、コンサル、アドバイスなどはまったく信じてない。否定はしないけど、信じない。だって人の決めたルールだからなあと思ってしまう。でも一概に否定できないと思い、なんでも経験してみた。そして今、もういいやと思う。たぶん。もうホント、もういいじゃん、もうやめて、と私は私にお願いしたい。

で、ゴミを集めて、燃えるゴミを持って捨てに行く。

帰りに菜園へ。ぐるりとチェック。

あれ！

きのうのナス、またなんかおかしい。様子が変。不安をかかえて近づいてみると、今度は真ん中からポキッと折れてる。完全に。切り口を見ると千切ったような形状。やはりハクビシン的なものか…。

ああ。

しかたないので静かに見下ろし、残りの部分が生き残るか

どうか、とぼんやり思う。葉っぱが1枚だけ、ついている。

今日は曇り。

雨が降らなそうなので、庭仕事、菜園の草取りなどしようか。

昼ごろ、庭の木の剪定を少し、菜園の草取りを少しする。天気がいいので暑い。

家に戻って、ホッとする。

3時か。

もういいかな、今日は。

で、その後は本当に細かい作業をゆっくりする。細かい作業とは、この皿を拭いてここに置くとか、これをこっちに移動するとか、庭を眺めるとか。

6月8日（火）

すごく暑い。

クーラーをつける。

注文していた「魔法のテープ」が来た。透明な両面テープで何度でも繰り返し使えて接着力が強いというので、これは便利そう！と思い、試しに使ってみたくて。

でも、実際は今、使いたいところはない。が、有効に活用できそうなのでいつか使うのが楽しみ。

大きな春キャベツをどうやって食べよう。キャベツたっぷりのお好み焼きにしよう。時間をかけてじっくり焼いて、さて味付けというところでマヨネーズがないことに気づいた。ああ。買って来ようか、と一瞬思ったけどやめて、ソースとケチャップと溶けるチーズで食べる。

暑い中、菜園に出て草刈り。刈った草を野菜の足元に敷く。おふとんだよ…と心でつぶやきながら敷いていたらとても楽しい気持ちになった。

囲っていた（あまり効果のない）防虫ネットがなんだかわずらわしくなって、取り外して草で囲む。

こっちの方が自然で感じがいい。

背も低くて虫食い穴だらけの小松菜とちぢみ菜とほうれん草は、もう食べるのはやめてこのままにしておこう、と思っていたが、ふと手に触れた小松菜が柔らかくて、これはもしかしておいしいかも、と思った。

虫食いだらけだけど、がんばって味見してみようか。

一念発起して、それらを収穫して食べてみることにした。どれも小さくて丁寧にやらないといけないので、収穫するのも洗うのもすごく時間がかかった。ちぢみ菜のソテー、小松菜と豚肉の炒め物、サニーレタスのサラダ。ほうれん草はほんのちょっぴりだったので塩でさっと湯がいてそのままパクリ。

どれもおいしかった。

なのでまたやる気が出る。

仕込んでおいた梅シロップ、だんだん梅がしぼんできた。

最初、泡が出て、発酵し始めたみたいだったけどどうにか大丈夫のよう。

夕方、短パンで外に出たら、足を5ヶ所、蚊に刺された。かゆい。ああ、またこの季節がやってきた。

仕事机の電気スタンド。

スイッチが笠の向こう側にあって、たまに点ける時などは、位置と方向がわからなくなる。なので表側に「つける↕消す」と紙に書いて貼った。

それから、手を裏側に伸ばしてパチンと消すのだが、必ず1年に1〜2回、ひとさし指の皮をスイッチで挟む。それがすごく痛い。スチール製の重いやつなので。

で、今日もそうなって、完全に頭にきた。もう二度と挟まれないようにしたい。絶対に。どうしたらいいか一生懸命考えて、その指を挟むところにティッシュペーパーを折りたたんでガムテープで厳重にくっつけた。これでもう二度と指を挟まれないだろう。ホッとした。

6月9日（水）

朝9時半。

今日は市役所が発行している地域のお買い得商品券を買いに行く。1万円で1万3千円分買えるというもの。2冊買った。

それから野菜のタネを買いに行く。空心菜とつる菜。次にスーパーで消耗品と調味料などを買う。ここでさっきの商品券を使えるのかわからなかったので、「商品券ありますか？」と聞かれたけど、どの商品券だろうかと考え、とっさに判断できず、使わなかった。あとで調べたら使えるようだった。今度使おう。

昨日の夜中に目が覚めてしばらく眠れなかったので今日の昼間に眠くなり、午後、2時間ほど昼寝する。夢を見て、気分がよかった。

カレーを食べたくなり、ひき肉と新玉ねぎのカレーをコトコト作る。カレー粉を入れる前のスープを味見しただけでもおいしかった。

6月10日（木）

今日は庭先輩の家の科(しな)の木の花の匂いをかぎに行く。

今、満開ということなので。ついでにいつもの炭酸温泉にも。

2時間入る予定で温泉に到着。入口でいつも買う緑色の炭酸泉で炊いたおにぎり。今日はそれ以外にも、天むすと海老(えび)レタス巻きがあるではないか。むむ。これは味見しないと。で、全部買う。

温泉では、にぎやかだったせいか最初の1時間ぐらいは退屈だったけど、その後、静かになり、だんだん気持ちよくなり、満喫できた。

サウナと源泉と冷たい炭酸泉を行ったり来たりした。

庭先輩のお庭へ。すぐに科の木へ向かう。

あれ。おととしと違う。もう満開を過ぎて茶色くなってる！

でも木の下に入り込んでクンクン。いい匂い。そしてすごい数の蝶（ちょう）や蜂や小さな虫たち。ごちそうに集ってきてる。

まわりを回りながら匂いを満喫する。

帰りに一枝いただいたので、また家でも嗅（か）ごう。

家に帰って買ったおにぎり類を食べる。天むすとレタス巻きはご飯の量が多くてお腹いっぱい。半分だけ食べて、あとは夜だ。

夜ご飯もその残りを食べたけど、天むす1個とレタス巻き2個が残る。

そしたら、夜中に目が覚めたので、4時ごろ、残りを食べる。

昨日の午後から3食、ご飯ばかり。そうそう。天むすの中の1個が、具なしの天ぷらだったことがショックだった。入っていたのは大きな衣だけ。気づかずに握ったのだろう。ハズレだった！と、悲しかった。

6月11日（金）

曇りで風が強い。

正午あたりから雨が降り出し、天気が崩れるそう。

今日は庭のレモンの木を菜園に移植する予定。雨が降る前にやり終えたい。

大きな穴を掘るのが面倒くさくてグズグズしていたが、もう適当でいいやと思い、スコップで勢いよく掘ってバケツに入れて移動。畑の土をザクザク掘って、そこに突っ込むように入れて、水を注いで土をかけて足で踏んで押し固める。

ふう。終わった。大きくなりますように。

ついでに、挿し木して増えすぎた庭の紫陽花も移植する。

あと、野菜のタネをあちこちに植える。空心菜、紫つる菜。まだタネが残っていた枝豆、つるなしエンドウなどもちょこちょことすき間に。

そこへ、セッセが来たのでひさびさにしゃべる。近頃田植えで忙しかったのだそう。今後の計画を話す。このへんにフェンスをたてて、しげちゃんが自由に畑仕事をできるようにしよう、などいろいろ。

動物の被害のことを話したら、「このへんはまだいい。もっと山の方はイノシシが出て大変らしいよ」と言っていた。

アブラムシなどの虫対策にニームオイルがいいと知り、ニームオイルと蓄圧式スプレーを購入。今度、やってみよう。

今日、庭にねじ花が咲いているのを発見した。近くに小さなピンク色のコスモスも1輪。

今年は大好きなニゲラの花は小さいのがたったの3輪しか咲かなかった。こぼれ種で増えることを期待したけどこの庭の環境にはあまり合わないのだろう。シダやフキ、ドクダミはたくさんあるから、すこし湿りがちなのかな。カモミールとパクチーもこぼれ種で増えることを願って去年もおととしも植えたけど、まったく咲かなかった。そのかわりヒメジョオンがたくさん白い花を咲かせているので、うーん、これでよしとする。

ひき肉にハーブを入れて作るイタリアンソーセージ、サルシッチャ。それのタネ(ひき肉部分)を使ったクリームパスタを作って食べる。こってりしすぎて、味はまあまあ。

6月12日(土)

大雨。どしゃぶり。

なのに今日、車が来たというので取りに行く。納車だ。

あまりの雨の激しさに不安を感じる。こんな日に新車に乗りたくないなあ。

小林市に着くと、いつも渋滞する交差点が渋滞していた。ちっとも進まない。ナビで調べて迂回することにした。細い道へ左折。途中まではよかったけど、右に曲がるところを間違えて直進してしまい、またまた渋滞につかまった。再度、そこから脱して、迂回する。ようやく販売店に到着した。雨は激しく降っている。

担当の方と保険手続きなどの書類を書いて、ついに車を受け取る。1ヶ月違いで欲しい色（レンガ色っぽい）が生産されなくなっていたので、色は平凡なベージュ。がっかりしたけどしょうがない。大事にしよう。

運転席に座り、使い方など、ひととおりの説明を受ける。

最後に「ハチミツはお好きですか？」と聞かれた。「好きです」と答えたら大きな瓶入りのハチミツをいただいた。とてもうれしい。

車を発進させようとして前を見ると、支店長さん以下、他の店員さんたちも左右に並んで頭を下げてくれた。きゃあ〜、ちょっと照れる。

豪雨の中、ワイパーを最高速度で動かして、緊張しながら運転して帰る。帰りは高速を使った。

家に着いて、改めて車を見ると、かなり小さい。ふーん。こんな感じか。

まあ、小さい方が私には運転しやすい。運転、下手だしね。ハンドルを革製にしたのでしっくりとしてよかった。

夜、スマホ片手に台所であれこれやってたら、手がワイングラスに当たって、落ちて割れた。あーあ。それは何かの景品についていた2個入りワイングラスのうちのひとつ。もうひとつも先日、割ったばかり。薄くていかにも安い感じだった。

まずスリッパを探し出して履き、足で踏まないように気をつけながら大きなカケラを拾って、小さなのを濡れたティッシュでふき取って、掃除機を持ってきて全体的にくまなく吸い取った。もう大丈夫かな。

6月13日（日）

今日は将棋の順位戦。

朝早く、まず菜園をいそいそと見回りに行く。ハクビシン被害にあってないかな…。

すると！

まただ。

おととい植え付けたナスの苗が真ん中からポキンと折れている。数日前の状況と全く同じ。最初に植えた方のナスとトマト、ピーマンは無事なので、新しく植えると攻撃されるのか…。

うーむ、と難しい顔をしながら折れた部分を取る。残った部分が生き延びたらいいけど。折れた方も一応、土に挿しておく。

ハクビシン（みたいなもの）の攻撃はなぜか局所的。不思議だ。

家に帰って、茎が折られる被害を調べてみた。風やネキリムシも考えられる。虫かもしれんなあ…。でも地面から10センチぐらいのところで折れているからなあ…。

乾燥ビワの葉を煎じてまたお風呂に入れる。もう全部入れちゃおう。結局、乾燥ハーブはあまり使わなかった。ハーブティーはあんまり好きじゃない。レモングラス以外は。作ったもので今も使ってるのはドクダミ化粧水だけ。

ビワの葉風呂に入りながら、ふと嫌味なジムのおばあさんのことを思い出した。週に1回か2回来る魚の出店を嬉々として教えたら、「買ってみたけどたいしておいしくなかったわ」と皮肉な笑いを浮かべながら報告してくれた。ああ。そうだった。この人は嫌味な人なんだった。忘れてた。と、思った。

竹輪を半分に切ってマヨネーズと明太子を入れてトースターで焼くつまみを作ったらびっくり。今までよく使ってたものより竹輪の厚さが薄いなあと思っていたのだが、トースターの扉を開けたら、竹輪が半円形じゃなく座布団のように四角く広がっていた。こんなことは初めて。

順位戦は熱戦で、終わったのは夜中の1時ごろ。私もウトウトしながらどうにか最後の「負けました」のセリフまでがんばる。藤井二冠の勝ちだった。

6月14日（月）

ゴミ捨ての帰りに菜園を見回り。何かが折れてないかな。折れてない。じっくりと見まわす。またお花を買ってきてところどころに植えようかなあ。葉色の鮮やかなコリウスが売ってたなあ。

パニック小説が好きでたまに読むけど、いつも読んだ後に嫌な気持ちになって後悔する。でもしばらくするとまた読みたくなるのが不思議だ。

特に、無人島、海上・船、飛行機ものが好き。閉ざされた空間で起こるドラマは、人間関係の縮図、人生の縮図のようだ。


野菜作りを始めたとか、野菜作りの悩みなどを、（この人にこれを質問したいというのでなく）うっかり話すと、すでにやってる人が先輩風を吹かせて教えようとするのであまり言わないようにしよう。自分で体験してちょっとずつ気づいていきたいから。


恋愛や結婚や子育てもそうだけど、経験者に大人しく尋ねようものなら、その人の浅知恵を滔々と述べられて辟易させられることがある…。

などと気難しいことを考えながらホームセンター「ナフコ」へ。

いろいろ買ってしまった。コリウス5鉢、ミニひまわり、コキア、ゴーヤ。

オリーブの古そうな苗まで。古そうと書いたのは、ビニールポットの土が硬くなっていて表面に茶色く乾いたゼニゴケみたいなのがたくさん生えていたから。でも980円だし、いいか。

さっそく菜園に植える。だんだん花壇化していってる。

夜は、人参（にんじん）の間引き菜とちくわでサラダを作った。それと間引いたラディッシュのサラダ。これだけでとてもおいしい晩ごはん。

小さくても自分で作った野菜は、洗ったりの下処理に時間がかかるけど、すごく調理し甲斐（がい）があって、食べた時に充実感を覚える。

「植え付け、生長の見守り、収穫、調理、食べる」まで、すべてをひっくるめた一連のこの作業は、これで食を賄うという真剣さを持って挑むと、ある意味で作品、ゲーム的挑戦、アート、神秘性のある体験になる。

そのことは自分で作って味わって食べてみるまではわからないことだった。今までにも野菜を作ったことはあったけど、単なる趣味的な、気楽な感じだったのでここまで思えなかった。「これで賄う」という気持ち、心構えが今までとは全く違う。新しく理解できたこと、思うことがたくさんあった。これからも奥深く、いろいろなことを思うんだろうなあ。

玄関近くの湿った花壇にキノコが生えていて、へぇ～と思い、じっと見ていたら、その奥、以前ショウガを植えたあたりに新しい芽が出ていることに気づいた。

おお。

なんと、ショウガの芽が出てる。ちょっとあきらめていたんだけど。うれしい。

6月15日（火）

朝、ゴミ捨ての帰りにいつものように菜園へ。

まずは上から見下ろす。よし。何も折れてない。それから下に降りて、細かいところを見て回る。折られた2本のナスは、折れたところから新しい芽が出てきている。

今日は大根の間引きと菜っ葉の植え替えをしよう。イチジクの木も植えたいなあ。

さっそくイチジクの苗を探したけど、いいのがなかった。すると、去年よく見ていて最近は見ていなかったイチジク農家さんの「お待たせしました。昨日から苗の販売を開始しました」という動画が出てきた。おお。ちょうどいい。さっそく2本注文した。


昼間、菜園にて。

レタスの移植と春菊の間引きをする。

春菊の小さいのが密になっていて黄色くなってるところがある。できるだけスカスカにする。やはり密になるといけないのだなあ。次はタネの蒔(ま)き方に気をつけよう。

レタスは、ぎゅうぎゅうになってるところのを抜いて、空いてる場所をみつけて植え替える。

「ぎゅうぎゅう」っていけない、ってことをすごく思う。

間引きの大切さ。

春菊を間引きしてる時、中腰ですごく疲れた。

疲れた、疲れた。足も。足先も。

畝の幅が広すぎたかなあ。中央部分に種を蒔いたからなあ…。

それから、大根も間引きする。

結局のところ、間引きしないとどれもこれも大きくならない。

13本、抜いた。今日はこれで大根の煮物と大根葉のふりかけを作るか…。いつか大根の大きいのができたら、切り干し大根を作りたい。

春菊の間引き菜の大きいのと、菜っ葉も採った。これはサラダに。


午後になって雨がぱらつく。

人づきあいをよくする人としない人のことについて考えた。

それは、するかしないか、どちらかしかない。

人にやさしく、人を受け入れる人は、どんどん知り合いが増えていく。

それに対して、閉鎖的な人は、少しの漏れも致命傷になる。

私は人づきあいをあまりしないことにしている。

というのも、別にしようと思えばできるのだが、いったん人づきあいをよくしてしまうと、人づきあいのいい人の知り合いが参加してきて、限りなく知り合いが増えていってしまうのだ。

それがいやなら、最初から狭くするしかない。

中間というのは不可能。

この人はよくてこの人はダメ、というような選択的つきあいは、こと人づきあいに関しては難易度が高い。というか無理がある。

人づきあいのいい人は基本的に人の誘いを断らない。いいよいいよ、って。

人づきあいが嫌な人がそういう人と関係を持つと、他の人と知り合いにならざるを得ない機会が自然に出てくる。そのたびに困る。

コントロール不可能になる。

で、私は昔から、人とオープンに交流しない。オープンな人とは仲よくならない（なれない）という姿勢できている。

これはホント、中間というのはないですね。

性格だと思います。みんなでワイワイというタイプではないという。

大根を洗ったり、ミニミニ春菊を洗ったり、丁寧に丁寧に。

とても根を詰める作業。

このあいだ作ったサルシッチャのタネの余りを冷凍していたので、それを解凍して今夜食べようと冷凍庫から出す。

解凍して嗅いだら、なんともいい匂い。なんだこのいい匂いは！

バジル、ローズマリー…。ハーブの香りか…。感動的なほどだった。ハーブ入りひき肉の素晴らしさが心に沁みた瞬間だった。

サラダと大根の炒り煮はおいしくできた。失敗したのは大根葉のふりかけ。ボウル山盛りの刻んだ葉っぱを大きなビタクラフトの鍋で炒めたんだけど、イリコやオキアミなどいろいろ入れすぎて味が全然おいしくなくなった。泥みたいだ。困った。しょうがないので小分けして冷凍庫に保存したけど、食べる気しないわ…。

少量作るといつもおいしくできるけど、大量に作るといつもダメ。これからはもったいなくても大量はやめよう。

去年、『過去のすべては今の中にある　つれづれノート㊲』がアマゾンのオーディオブックになったけど、引き続き㊳と㊴もオーディオブックに、という連絡がきた。

うれしい。

6月16日（水）

昨夜から雨が続いている。

昨日移植したレタスにはうれしい雨だろう。雨が止んだら見に行こう。

雨が小ぶりになったので我慢できずに、傘をさして菜園に見に行く。小さなレタスが生き生きしていた。春菊もぎゅうぎゅうじゃなくなったせいか急に大きくなったよう。

ひととおり見てから、電柱の支えの根元に植えていたゴーヤの苗を見ると、うん？萎(しお)れてる。よく見ると根元から切られてる。セッセが昨日草を刈っていたが、私が植えたゴーヤも草と一緒に根元から刈ってしまったのだ。確かに私の敷地よりもセッセ側にあるから。見た目も草っぽいし。草の中に植えたし。うーん。残念。

また買って来ようか。

午後、馬場さんとヨッシーさんが働いている観光センターにちょっと顔を出す。そして先日のハイキングの時に撮った木や草の名前を聞いてノートにメモする。コバノクロヅル、オオカメノキ、ツクシヒトツバテンナンショウ、ツクシコウモリソウ、などなど。山好きの馬場さんは植物に詳しい。「また行きましょう！」と言っていた。甑岳という山があって、山頂がひろい草原になっていて、そこにモウセンゴケなどの食虫植物が生える湿地帯がある。私も前に登ったことのあるとても好きな山だ。そこに行きましょうって。うん。

夜はうどん。このあいだ買ってきた冷凍のおいしい手打ち麺に鶏肉を入れて鶏うどんにする。

6月17日（木）

今朝も珍事が！

ゴミ捨てのあと、畑に行ったら（やはり畑と呼びます）、またナスが半分に折られていた。そして根元が3㎝ほど土から持ち上がっていた。どういうこと？　そして近くには根切り虫が！

きゃあ。棒で遠くに飛ばす。

この虫がナスを持ち上げて半分に切ったのだろうか…。せっかく小さな新芽が出てきていたのに。それとも動物だろうか。

考えてもわからないので、根のまわりの土を踏み固めて、3センチほどに折れた短いナスの茎は土にいちおう挿しておく。

動揺してしまった。うーん。

落ち着かないのでセッセにも報告することにした。

上から畑を見下ろしながら詳しく説明する。

いろいろ話してて、買ってきて植えた直後の苗だけがいつもそうなる、ということに気づいた。

「稲の苗はね。根が活着するまでのあいだだけ特に気を付けなければいけないんだけど、いったん活着するとかなり丈夫になるんだよ。ジャンボタニシの被害がよくあるけど、あれも活着するまでの2週間ぐらいだけの被害であって、活着したらもう苗を食べなくなるから、かえって雑草を食べてくれていいぐらいなんだよ」と言う。

「そうか…。買ってきたばかりの弱い苗だけが発する何かがあるのかもね。確かに…。ポットの土もお店の土だしね。ここの土とは違うんだよね。それがわかるんだろうね」

たぶん小動物だろう、ということになった。

そのあと、また作業を続けて、サツマイモの畝のところを歩いていたら、丸い穴がいくつもポコポコ空いてるのに気づいた。小動物がつついたような穴だ。やはり、けもの的な何者かがやってきたのだ。

折られた2つのナスのまわりに支柱を数本立てて保護する。これだったらもう折られはしまい。来い！　思う存分、来い！


午後、買い物へ。

たまに買い物に出る日には、それまでのあいだにメモしておいた用紙を片手に、何軒かのお店を回ってまとめて買う。今日は4軒。右折しなくていいように道路の左側に位置するお店から順番に買い進む。

まず、キビ砂糖、ナツメグ、アンチョビ、納豆。次に、ガソリンスタンドで給油。そして、鶏もも肉、刺身、ねぎ、黒酢、玉子、舞茸、花の苗。それから百均ショップでスプレーボトル。どの店でもついでに予定外のものもちょこちょこと買った。


その途中のことだが。

産直のお店で、「無農薬の小麦粉、1キロ300円」というのを見つけて、手に取り、しばし呆然と立ちすくむ。

たった昨日、無農薬の小麦粉が欲しくて、ネットで調べて、熊本県の小麦粉を取り寄せたばかり。それは1キロ2700円だった。

こんな近くにこんな安く、あったじゃないか！

うーん。残念。でもあれは全粒粉だったのでそこが違う。でも、300円だったら、全粒粉じゃなくて白くても、こっちのでいいよ。

ひとり、じっと立ちすくみ、脳内は猛烈な思考の嵐がグルグル。

まあ、30秒ほど。

しょうがないとあきらめる。次はまず、ここを見よう。

家に帰って、買ってきたものをそれぞれにしまう。冷蔵庫、棚、シンクわき…。

それから花の苗を植える。ボリジと白い小菊みたいなの。

小菊みたいなのはそれほど好きじゃないので畑へ。

でも畑ではかわいい。

レタスの葉を収穫する。1枚1枚採っていくと、ひとつひとつは小さくてもけっこう一人分のサラダになる。すごい。いつのまにかね。

形のいびつなラディッシュもいくつか採る。これは、ピクルスにしようか。大嫌いなピクルス。酸っぱいのが苦手だから。でも、もしかすると自分で作ったら違うかもしれない。これと、冷蔵庫にある人参（にんじん）と大根で、あのよく見る素敵な瓶詰のピクルスを作ってみよう。黒酢のピクルス。

そしてボリジは庭へ。今年、ボリジはたったの3輪しか咲かなかった。それもすごく小さい花だった。悲しい。大好きなのに。こぼれ種でよく増えるという花なのに、この庭ではちっとも増えない。湿ってるから。たぶん。

で、今日、見かけて買ってしまった。2鉢。

ひとつ80円だったから、つい。

安物買いの銭失い。いや、このボリジが安物っていうわけじゃない。たまたま今、その言葉が浮かんだだけ。

庭のミントがたくさん繁殖してきたので今日の夜はミント風呂(ぶろ)にしよう。

空中へ立ち上がって葉っぱをのばしているミントをたくさん刈って、そのままお風呂にいれる。青々と湯船の表面を覆いつくす、ミントのお布団のよう。ぎゅっと握って匂いを嗅(か)いだりする。

ひとしきりやったら満足した。もういいや。さいごはザルですくって取る。

6月18日(金)

朝一番に畑へ。

今日はどうだろう？

ナスはガードしたので大丈夫。でも、よく見たらやはり小動物が来たみたい。土に刺していたハーブの名札が2つ、地面から抜けて倒れてた。そこの上を通ったのかも。あとは大丈夫。ところどころに植え付けたお花がかわいく、ついついたくさん写真を撮る。

今日は将棋の棋聖戦第2局。8時半から見る予定で一日分の食料も準備した。大好きなカレーを作ろう。

ところで、財布の使いやすさは使ってみないとわからない。本当に。

先日新調した長財布がとても使いにくい。小銭が取り出しにくくて。どうしようかと思案中。とりあえず手持ちの使い勝手のいい…というか普通の財布を普段使いにしよう。

里芋を3年間放っておいたら大量に茂ったというおばあさんの植え替え作業を見て、その量の多さに恐怖を感じた。私は自分が食べきれる分だけを作りたい。放っとくと増えるのは、放っとくとどんどん育つ木と同じだなあ。作付け量のコントロール。それもまた大事なことだ。経験していろいろなことがだんだんわかってきたら、少しずつ思ったような感じにできるようになるだろう…か。さっきのおばあさんは販売するので楽しそうにやっていました。

将棋を見ながら、ヒマなのでまた種を注文してしまった。えんどう豆、赤いビーツ、茶豆、カリフラワー。まずは2〜3個、作ってみよう。

夜。カレーを少量、丁寧においしく作る。今日はジャワカレーで。お代わりしたらお腹いっぱいになっていつのまにかうたた寝。

6月19日（土）

今日はヒマだ。
そのことは昨日からわかっていた。明日はヒマだろうと。
畑を見に行って、枯草を敷いてある通路にクローバーをちょいちょいと移植する。
午後、あまりにもヒマだったのでパンを作る。初めてのパン作り。今までパン作り機で作ったことはあったけど、自分で粉をこねて作るのは初めて。動画を参考にしてベーコンとえんどう豆のパンを作ってみた。簡単だった。味もわりとおいしくできたので、2個、しげちゃんとセッセに持っていく。しげちゃんは私を見るなり驚いて、「あら、いつ帰ってきたの？」と聞くが、それはいつものこと。

私はひそかなタオル研究家。タオルには昔から興味がある。今治（いまばり）タオルのマスクを注文しようとしていたら、「バリカタ」というとても硬いタオルが出ていることを知って、それもついでに買ってみた。そして届いた。使うのが楽しみ。こういうのは一回洗ってみないとわからない。

私は今までさまざまなタオルを買ってきた。そして今、いちばん使っていて気持ちいいと思うのは、商店の粗品によくあるような薄くて安いタオル。バスタオルも同じような薄いのが拭（ふ）きやすい。ガーゼ張り合わせとかふわふわ柔らかいのとか高級な綿を使っていますとかホテル仕様みたいなタオルは、拭くときに手と肌のあいだが離れすぎていてエネルギーが分散し、拭きにくい。肌触りがいいほど吸水性は劣ると思う。

昔ながらの薄いのは、力が直接、ずれなく届く。そして洗いやすくて乾きやすく、使うほど吸水性もよくなる。よく乾いているとバリバリしてて気持ちいい。

6月20日（日）

今朝見た「島の自然農園」の方がまたいいことをおっしゃっていた。

「自由とは、私が『何か』から解放されるのでなく、私が『自分』から解放されることなんですね」

自然農の田植えの動画だった。その中で自然農のお米がとてもおいしかったと話している方がいて、私も自然農で作ったお米を食べたいなと思う。

元気よく起きて、畑を見に行く。

畑に近づいたら、なんと！

もしかするとあのナスを折った犯人を現行犯で見つけたかもしれない。

鳥がナスの近くからバサバサバサッと飛び立っていった。

鳥か…。そうかも。あのツンツンつついてる感じ。鳥が地面や野菜の茎をつついていたのかも。見ると、白い名札が今日も2つ、地面から抜けていた。

鳥がつついていたのか…。確かに、鳥のくちばしって強いからね。

鳥か。

なんとなくホッとして、全体を見て回る。ルッコラの双葉が出ていた。昨日はまだ1ミリぐらいの点々だったのにきれいに開いてる。すごい。

二十日大根の花も咲いてる。

昨日、いちじくの苗が届いたから、今日、植えようかな。

と思ってたら、いちじくは地面に植えるとテッポウムシの被害にあいやすくなるというので、しばらくは鉢のままで育てよう。

私は先日から、マウスウォッシュを手作りしている。重曹を水に溶かしていい匂いのする植物の緑色のエキスをいれるというもの。

そのエキス作りが楽しい。最初に作ったのがローズマリー。これは水に溶かしたら白濁して薄いモスグリーンになってしまったけどわりといい匂いがする。他のも試そうと思い、ミントを無水アルコールにつけて緑色を抽出したら、これはすごくきれいなグリーンになった。でも匂いはそれほど好きじゃなかった。

続いてペパーミント、バジルなどいろいろやってる途中。一番好きな匂いを探したい。今のところ、ローズマリー。

夜。テレビでラスベガスで行われた井上尚弥(いのうえなおや)の試合を見る。快勝。さすが。見ていても体の動きの速さが違う。

6月21日（月）

いい天気。

鳥が犯人だとわかったのでなんとなくホッとして今朝も畑に見に行く。あ、でもあの鉢の形にポコリと地上に出ていたのはモグラかもなあ…。モグラと鳥の合わせ技かな。

小さいながらさまざまな野菜や草花がちょこまかイキイキと育ってる。よしよし。

今日もすることがないので、フルーツビネガーを作ることにした。

というのも、作りたい料理のレシピを見ていたらワインビネガーが必要だとわかり、ワインビネガーがないのでどうしよう…と思って、ネットを調べたりスーパーで見たりしたけど、これといってほしいのがなかった。

ワインビネガーじゃなくてフルーツビネガーでもいいんじゃないかなとふと思い、それだったら自分で作れるかも、今、どんなフルーツが庭にあるか。

なにもない…いや、木苺（きいちご）があった。赤くルビーのように艶（つや）やかに実っていて、わあと思い、食べてみたら種が多くて、あんまりなあと思ったあの木苺。

あれを集めて木苺ビネガーを作ろう！

レシピは、果物、氷砂糖、酢を1対1対1。

いそいそとカゴに摘み集めたら、それだけで赤い粒々がとてもきれい。

重さは116グラムあった。すべての材料を瓶にいれた。楽しみ。そして見た目もとても美しい。


野菜のタネが届いたので、さっそく植える。茶豆、つるありインゲン、ビーツ。もうあまり植える場所がないので、どうにかすき間を探して、工夫して植えた。どの野菜がどういうふうに育つのか知りたい。

この春はじゃがいもが間に合わなかったので、じゃがいもを収穫する人々を見て、とてもうらやましかった。秋じゃがを植えるのが楽しみ。

6月22日（火）

特にすることもない日。

将棋の叡王（えいおう）戦を見ながらぼんやりすごす。

畑を見に行ったら、モグラの通った土がこんもりと盛り上がっていた。むむむ…と思いながら足で踏みつぶす。

将棋観戦のあいまにまた見に行ったら、また新しいモグラの穴が盛り上がっていた。どういうことか。また踏みつぶす。急にここを通りたくなったのだろうか。

剪定（せんてい）のおじさんに「剪定をお願いします」と電話をしたら、下見に来てくれた。

この木はこういうふうに、これは育てているのであまり切らずに、などと説明しながら庭を一周する。ある一角で足を止めてその先をしみじみ眺めながら、「いい具合に森っぽくなってきましたね～」とおっしゃる。ああ、確かに。

で、明日、来てくださることになった。

いつものように朝の5時。

ということは、5時前に起きなくてはならない。

緊張が走る。すでに今から緊張状態。なにしろ去年、「雨どいにこのつる性の花を絡みつかせようと誘引している」ということを伝え忘れたばかりに、チョキンと切られてしまったから。今度こそは常時、目を光らせて、指示し続けたい。

それから、切った枝葉（剪定枝）を今までのように軽トラでそのまま捨ててもらうことができなくなったのだそう。市の決まりで。

「えっ！　じゃあ、どうすればいいんですか？」と聞いたら、他の皆さんはそれぞれ、小さく切ってゴミの日に出したり、自分で美化センターに持っていくのだとか。

なんと。そんなに不便になったのか。

どうしよう…。

とりあえず、大きな枝を小さく切ってもらうことにした。それを縛って、ゴミの日に出すしかないか…。なんだか生活がどんどん不便になっていってるような気がする。

モグラと剪定枝のことで心が動揺した今日だった。

だからというわけではないが、りんごとゴルゴンゾーラとハチミツのオーブン焼きを作る。おいしかった。

6月23日（水）

朝5時に来るというから、昨夜から緊張して、4時に起きた。

4時50分にガレージを開けたら、もう前に来ていらした。まだ薄暗い。

おじさんは木、私は低木と草花の担当。時々「これはこういうふうに」と指示したり、剪定の仕方を聞きながら黙々と作業する。特に注意してほしいところは厳重に。

前回、育てていたけど草と間違えて切られてしまったつる性の花のところは何度も言う。

全体的にあまり切りすぎず、自然な感じで整えてもらう。

一心不乱に集中して、11時半ごろに終わった。

最後にブロワーで落ち葉などを吹き集めてくれるのだが、その時にいつもは手が届かない濡れ縁の下などもきれいにしてくれるので、とてもうれしい。

今回はあまり太い木の幹はでなかったので、剪定した枝葉はうちの空き地に積んでおくことにした。

寝不足と空腹で疲れた。

ご飯を作って食べて、午後は休憩する。また剪定の楽しみを思い出した。ドウダンツツジの続きをいつかやろう。紫陽花の剪定は半分やったから、半分は花が終わってからにしよう。

6月24日（木）

朝、いつものように畑へ見回り。

枯草には鳥がつついたような跡が、いつものようにポコポコある。

つるありインゲンや茶豆の芽が出てないなあ。鳥に食べられたのかな。また蒔こうかな。

レタスの葉の朝露が光ってキラキラしてる。今はさわやかでいいけど、今日も昼間は暑そう。

今日の午後はヨッシーさんに本の整理の手伝いに来てもらうので、午前中は部屋の掃除をする。最近はテレビを見てないので、ふと思いついて、テレビを布でカバーした。タヒチアンダンスの時に使ったパレオで。

さっぱりとなった庭を見ると気分がいい。

サルスベリの木の下で巨大になっていたアジサイを根元から強剪定したので、そこが特にすっきり。

ヨッシーさんがいらした。

最初、どういうふうに整理するか迷ったけど、あれこれ話しているうちに方向性が決まった。資料用と保存用に分けることにする。資料用はすぐに取り出せる本棚へ。保存用は紙に包んでクロゼットへ。色が変色しているものもあるけど、初版本は大事に、上から2冊目に入れる。初版本がないものもあった。

まずは20タイトル。

あとは少しずつ、空いた時間にひとりでやろう。全部で170タイトルある。

この整理が終わったら、最初から1冊ずつ、10分程度の動画で朗読と解説をやろうと思ってる。

6月25日（金）

いい天気。

今日は特にすることはないので、昨日の続きと畑のチェックをしよう。その前に食料の買い出し。

畑は問題なし。

そのあとは一日中、ゆっくりと本の整理をする。半分ぐらい終わった。

ヨッシーさんに酔芙蓉（すいふよう）の挿し木鉢をいただいたので畑に植え付けよう。どの場所に植えるか、しばらく考えて。

今日は満月だけど曇りなので見えない。

6月26日（土）

今日は将棋の日。

馬場さんにハイキングと神社の茅（ち）の輪くぐりに誘われた。そのハイキングコースは今まで行ったことのないコースだったので心惹かれ、ハイキングに行くことにした。

天気予報は曇り。

でも、起きたら雨がポツポツ降っている。たぶん大丈夫だろうと、玄米おにぎりを2個作り、準備をする。温泉にも行くのでタオルも。

着々と準備を進めていたら、「雨が降ってきたので今日は中止」と連絡が。夕方の茅の輪くぐりには行くのでもしよかったらと。

了解～。茅の輪くぐりはいいかな。なんとなく気が抜けた。気持ちを切り替えて、将棋を見ることにする。

本の整理作業をしながら将棋観戦。

すると、夜、ヨッシーさんから電話が。なんと、携帯電話をなくしたそう。可能性のある場所をくまなく、神社のまわりの道路まで懐中電灯をあてて探したけどなかったって。それはショック。これからもう一度家の中を探すと言っていた。

携帯電話をなくすほど、ガックリすることはない。

6月27日（日）

雨が降ったりやんだり。ときどき風も強い。

雨のあいまに畑へ。つるありインゲンの芽が出ていた！　茶豆も！

ずーっと雨が降ってなくて、雨が降ったら一気に。すごい。小さなネギの定植をする。大きくなるかな。

なにかおやつを食べたいなあと思い、リンゴをスライスしてリンゴチップを作る。オーブンで100度ぐらいで1時間ほど。時間はかかるけど甘味が凝縮しておいしい。

本の整理を一日やって、夜にぜんぶ終わった。やった！

リビングもスッキリ。

6月28日（月）

雨。

朝、傘をさして畑に行って、じっと芽を見る。インゲンの双葉が昨日よりもぐんと大きくなっていた。2倍ぐらいに。茶色い枝豆もしっかり出ている。

キャベツの若苗に大きなカタツムリが2匹いた。取って草むらに移そうか迷う。なんとなく触りたくない。そのままにしとこう。

一周して、またそのカタツムリに目が行く。やはり草むらに引っ越ししてもらおう。収穫した二十日大根の葉っぱを3枚ほど千切って、それでそっとカタツムリをつかんで草むらへ。

少量の野菜を収穫する。いびつで小さい二十日大根3個、インゲン1個、プチトマト4個、ブルーベリー3個。それとバジルの花。とても少量。でもこの少なさが私には家庭菜園のいちばんの利点。毎日、少量、採れるというところが。

今日は一日中雨っぽい。何しよう。

午前中はダラダラ過ごした。携帯電話のその後が気になってヨッシーさんに電話をかけたら、3回かけて3回とも、ツーツー音。話し中なのか、電話番号を聞き間違えたか。

午後、ふと思いついて、数年前に作って以来、全く使っていないJAバンクの口座を解約しに行くことにした。あの時は仕事でJAバンクの口座が必要になりそうだったので作ったけど、結局使わなかった。印鑑もどの印鑑だったか忘れてしまった。問い合わせたら、いくつかあるのであれば持ってきていただけば、こちらで照会しますとのこと。

ブーッと車を走らせる。これかなと思う印鑑を出して手続きをしてもらう。そうだった。無事に最初に入金した1000円を引き出して解約する、利息は1円もつかない。

ぼんやりと待ってる間に目の前にあったので目に入った定期預金の金利は0・002だった。少額でも1000万円以上でも1ヶ月でも10年でも預金金利が0・002とは。

それから、ヨッシーさんがいるかどうか見に行く。

家に近づいたら、車があった。

左折して、車を停める。そして「すみませーん。こんにちはー」と声をかけたら、「はあーい」というヨッシーさんの声。

ガラガラと戸を開けて出てきた。

「電話したけど通じなかったので寄ってみました。もしよかったら庭を見せてください」

大丈夫だったので、見せてもらう。

実は、このお庭、前々からぜひ見たかったのです。

というのも、前に聞いたところによると、ヨッシーさんの嫁ぎ先は昔ながらの農家で、元からあった家、途中で建て増した部分、倉庫、牛小屋、菜園、和風の庭部分、裏庭などなど、広い土地にいろいろあって、庭が広く、その庭の手入れがあまりにも大変で、数年前に庭をコンクリートで塗った、と聞いたから。

最初は砂利を敷いたけど、まだ草が生えてきたので、次に柔らかいアスファルトかなにかを敷いたけど、それもダメで、ついにコンクリートに到達。

その庭は国道沿いにあるので、先日、車で通りながらきょろきょろして、「ここか！」とわかり、それからはその前を通るたびにチラチラ見ていた。

私は、目的がはっきりしている庭が大好き。

バラや小花が咲き乱れる庭もすごいと思うけど、同じぐらい、いや、それ以上にその人の目的にまっしぐらな庭が好き。

その庭は、本当にコンクリート詰めだった。でもまったくのペラではなく、木や花の咲く花壇はある。昔の名残りの木と鉢に入った花が、石で囲まれた花壇の中に等間隔にあり、その花壇は、最初は土の花壇だったけど、それでもまだ草が生えるので、ついには花壇の中もコンクリートで埋めつくしたという。

コンクリートの中にある、石で囲まれた花壇の、コンクリートで囲まれた木と花。鉢はコンクリートにすっぽりと丸く収まっていて取り外しできる。

おお。

私は興奮して、小雨のパラつく中、何枚も何枚も写真を撮った。

そして、そこだけでなく、裏庭もあるという。

裏に行ったら、そこもコンクリートで覆われた広い庭。でも真ん中にまあるく花壇がある。もちろんそこの内部もコンクリート塗り。

コンクリートの庭
すべてが すっかり おおわれてる
でも なんか かわいい
すごいへ！
パチ
パチ
すばらしいですへ
アートです
サーベルや、ヤリ、かけじくも みせて もらったああ。素敵。かわいい。

目的にまっしぐらで、そのまっしぐらさを称賛する。

いい庭を見た…。

今日は収穫あり。

それから、家の中にちょっと入れてもらい、仏壇の上の亡くなったおじいさんたちの遺影を見る。

「あれ？　見覚えがある」

そのおじいさん。にこっとしていていい感じ。親戚なので過去のところどころで会っていたはず。

亡くなったご主人の写真もあった。

「どういう人だったんですか？」

「もう、真っ白！　もう真っ白！」

ああ。うんうん。うんうん。

この家族、この家系、娘さんやお孫さん、みんなやさしい感じがした。

ひいおじいさんが書いたという掛け軸も見た。東西南北、山、河、月、花、星、人、馬、老の字があった。全部が入ってると思った。

「他にも掛け軸はあるんですけど、なぜかこれが好きなんです」

うん。

バタバタとしながら、熊本の高校生が作ったという古代米、菜園のオクラ3本、鉢のパセリをいただく。

短いながらもとても充実した時間だった。ありがとうございます、と心から思う。

庭をコンクリートで覆った思いがけないいい効果として、「家の湿気がなくなりました」と言っていた。

家に帰って、畑を見る。

ズッキーニの雄花が咲いていた。採ってまたチーズ入り天ぷらにしよう。雌花はまだ出てない。

クリームチーズとフェンネルを練ったものを入れて天ぷらにしたらおいしかった。

1個っていうのがいい。

好きな味のワインやシャンパンを今、いろいろなところで買って味見して探してる。

今日飲んでるのは、「ANA国際線ビジネスクラスで提供されている極上シャンパーニュ」というの。それが37%オフというので買って飲んでみたが、うーん、そうか……。


思うけど、お酒の味って、その時の場の雰囲気に一番影響される。

そこにいる人、場のマジックってある。

自分の家で一人で飲む場合、そのマジックが効かないので、味そのものに集中する。

そういう条件の中で、自分の好きな味を探したいと思い、いろいろ研究中。

同じような味なら、安い方がいい。どうせ私にはシャンパンの味なんてわからないのだ。でも好みはあるから、値段と関係なく、好きな味のものを見つけたい。


今日の庭。コンクリートで塗った庭。砂利、柔らかい何か、3度目の正直でついにコンクリートに。でもところどころの花壇はかわいらしかった。植木鉢が埋め込まれて。木も、短く切ってあった。手入れしなくて済むように。

本当にせいせいしたとおっしゃっていた。長い間、庭の手入れが大変で、梅雨時は庭を見ると気が沈んでいたという。

そして、キャスター付きの大きな物干し台を見せてくれた。

「これが本当にいいんですよ」と足で動かしてみせる。天気のいい日は庭に出してお日様にあて、雨が降りそうだったらコロコロと動かして軒下に仕舞うことができる。

なるほどよさそう。これも下がコンクリートだからできるのだ。

うちの兄も、実家の純和風の庭の手入れが大変で大変で、放っといたら蚊や虫や動物が増えて、ついには業者に頼んですべての木と庭石を重機で倒して庭に穴を掘って埋めて、その上を平らにならして砂利を敷いていた。本当にせいせいしたと言っていた。庭は望んで手入れする人がいなければ、本当に大変だと思う。

夜。トマトとズッキーニのアンチョビのせオーブン焼きをつまみに作る。

それから、冷凍庫に小分けして保存した大根の葉っぱのふりかけ。おいしくなくてもう食べないかもと思っていたけど、ちりめんじゃこと炒(いた)めたらリベンジできるかもしれないと思い、ちりめんじゃこと一緒にフライパンで乾煎(からい)りした。かつお節も入れてお醤油(しょうゆ)を少し。すると、おいしいふりかけができた。よし。あと10個くらいあるから同じ方法でたまに作ろう。

6月29日（火）

いい天気。

今日から将棋の王位戦七番勝負。着物や食べ物なども楽しみ。

朝早く、畑をサッと見に行く。インゲンの葉っぱがまた大きくなっていた。茶豆も元気。ビーツの芽はまだ見当たらなかった。

藤井二冠の着物の羽織は夏らしく、透けた黒い羽織だった。私はお寺のお坊さんみたいだと思った。

解説者の方が対戦者の豊島竜王のことを、「藤井王位にとっていちばんいい答えを出してくれる相手、自分の疑問をぶつけられる相手です」と言っていた。なるほどなあ。確かに、自分よりも強い相手にしか自分の疑問はぶつけられない。懐に飛び込める、手加減なくぶつかれる。そういう人と戦える（出会える）のは幸せなことだろう。

私の今は、長い人生を振り返って呼吸を整える時期。この1年ぐらいはそうかな。

6月30日（水）

おお。かなり一方的に負けてしまった。まだ戦いは長い。次、がんばって。いちばん悔しいのは本人だろう。

養老孟司が、「恋愛っていうのは病気です。病気だから治ります。一緒に置いといたら1年ぐらいで治っちゃう」って言っててておもしろかった。

明日から雨が続くらしいので、今日のうちに畑の手入れをする。対局が早く終わったのでその時間ができたのはよかった。

草を取って、最後に今日食べる野菜を摘む。レタス、インゲン3個。

空心菜のタネをうっかりこぼしてしまったところからたくさん芽が出ていたので、間引きをかねてちょっと摘む。

空心菜、つる菜、つるありインゲン、茶豆の芽がすごく強く、ぐーんと出ている。なんともうれしい。春野菜の芽はとても弱々しく思えたのに、夏の植物はとてもたくましい。

うーん。もしかして春野菜も、もっと適した気温の時に植えたらよかったのかもなあ。小松菜やちぢみ菜はまた秋に植えてみたい。

足元の落花生をふと見たら、あれ？　黄色い花が咲いている。

むむ。もう？

花から管が伸びて地中に落花生ができるというから、花が咲いたら地面を耕そうと思っていたのに。早すぎる。なので簡単にざっと草を刈って地面を整えた。

家に帰って、空心菜を炒める。ほんの少量だったけどおいしかった。

夜、NHKでウィンブルドンをやってる。錦織の試合だ。もし目が覚めたら見ようと思って寝たら、ちょうどいい頃に目が覚めた。ぼんやりしながら見始める。

順調に進んでる。これは勝つかも。途中、ふとスマホのヤフーニュースを見てしまったのが失敗。なんと、錦織が勝ったことがわかってしまった。

ああ…。そうか、生放送ではなく、録画なんだね。もうニュースは見ないようにしよう。いつもそう思うのに。

7月

7月1日(木)

今日から雨かと思ったら晴れている。

まず、買い物へ。食料と、モグラか鳥よけのクルクル回る手作りの風車を買った。道の駅に200円で出ていたので。最後の1個だった。だれかが作ったんだな。ついに私もこれの所有者となる。感慨深い。

家に帰って、今日から庭の本の原稿を書こうと決めていたけど、まだやる気にならない。あれこれグズグズしながら時間が過ぎていく。

畑仕事をしよう。

このあいだの剪定枝(せんていし)の山から、大きめの枝を選んで、細い枝と葉っぱを落とす。何かに使えるかもしれない。

それを畑に持っていって、茶豆の芽の隣にそっと並べる。

風車を真ん中あたりに突き刺す。オリーブの苗を植えた近く。

オリーブを畝の真ん中に植えていいのだろうか…。今もまだ迷ってる。

家に帰って、少しだけ仕事が進む。

それからまた夕方、畑へ。つる菜の双葉、空心菜の様子を見る。草を手でちぎってまわりに置く。

風車がクルクル回ってる。黄色い風車。

さまざまなことが頭に思い浮かんだ。子どもたちのことも。

家に帰って、台所で、採ってきたバジルを洗う。花が咲きそうだったので摘んできたもの。

冷たい水でクルクル洗う。

そうか。

そうだ。

その人の人生は、その人のように進む。

自分の子どもでも、誰でも。

自分も。

だからよけいなことは考えまい。

人の人生はその人のように進んでいく。

それを信じるしかない。

それをただ信じればいい。

信じる、というのも大げさだ。

それすらも、忘れよう。

なにもかも流れるままに。

大きなものにゆだねれば、物事はなるようになる。

流れるように流れる。

そう思えさえすれば、何も心配ない。

ただ、今、この瞬間を感じる。

感じるだけ。

7月2日（金）

朝起きて、今日もいそいそと畑へ。何か変化がないかチェック。くるっと一周しながらひと通り見る。風車がカラカラ回ってる。そのすぐ近くにオリーブの苗が植わってる。

あれ？

なんと！

オリーブの枝がボキッと折れて地面に落ちてる。長さ50センチくらい。枝は直径5ミリぐらいだ。こんなに硬い木の枝を。鳥か獣か。鳥にこれが折れるかな？　獣の足跡を探したけどはっきりとしたものは見当たらなかった。

今度は オリーブ

うーん。今度はオリーブとはね。

でも、折るってことは…、狭い範囲に強い力をかけないとできない。やはり鳥なのか…。不思議に思いながら、折れた枝を持ち帰って一応水につけておく。挿し木にするのは無理かな。

数日前に、二十日大根などほんの少量収穫して持って帰ってきた時に思ったことだけど、こんなふうにその日に採れたものを見て、夕飯のメニューを決めるというのはいいなあと。

普通なら、今日は何を食べようかな、カレーにしようか、しゃぶしゃぶ、パスタ、などと食べたいものを考えてから、材料をそろえることが多い。あるいは冷蔵庫にある食材を見て、考えるとか。

でも、畑で今日採れたものを食べるというのは、全然違う。

数十日前に種を植えて、毎日その生長の様子を眺め、同じ空気を吸って、同じ気候の中で、共に生きて、今まさに、熟し、食べごろになって収穫する。

その野菜を食べることには、とても必然性があると思う。「なんでもいい、どれでもいい」ではなく、「これしかない、これこそが」という。

選択肢がない、選ぶ必要がないということは、迷う心配もないということ。

自分で育て、そして、今日、実ったものを食べる、という暮らし。そういう生活に少しずつ近づいていきたい。

それは、私の生きる姿勢を根本から大きく変えるような気がする。それは少し怖いことでもある。その怖さは、厳かな怖さだ。

7月3日（土）

今日は棋聖戦第3局。先の読めない難しい将棋だと解説者が言っていた。結果は藤井二冠が勝利。最年少九段になるそう。

7月4日（日）

熱海（あたみ）の伊豆山（いずさん）での土石流のニュース。前に行った温泉旅館の近くだ。ドローンでの映像で、上流にあった土盛りした一帯がスプーンで削ったようにすっかり崩れ落ちていた。

秋に出す庭の本の準備。写真を見て、構想を練る。

畑に行ったらプチトマトの苗の葉っぱがしなびていた。むむ。どうしたのだろう。

夜。梅シロップを炭酸で割って飲んでみる。甘い。そして思った、もしかすると私は梅シロップはそれほど好きじゃないかも。たまに観光地とか和風カフェなどで1杯飲むぐらいがちょうどいい。2リットルもあるから甘すぎないぐらいに薄めて、この夏ちびちび飲もう。しかも今、赤い梅の黒酢シロップまで作っている。

ラズベリービネガーもラズベリーを濾して小さな瓶に詰め直す。これはサラダのドレッシングにしよう。赤い色がきれい。

7月5日（月）

今日も朝いちばんに畑を見に行く。特に変化はない。トマトの葉は、昨日より少し元気になってるように見える。

トウモロコシの穂が出ていた。

小学校の登下校時には、前を通る近所の小学生がいつも2人ほど、「こんにちは〜」と挨拶してくれる。私も「こんにちは〜」と挨拶する。

わあっ！

今、「静けさのほとり」の録音をしながら部屋から外を眺めていたら、いつもここを通る猫がゆうゆうと歩きながら洗濯物干し場の井戸の壁にチュンとおしっこをつけて行った！　なんと！　たまに猫のおしっこの臭いがするなと思っていたらこういうことだったのか。おしっこをところどころにつけながら散歩していたんだね。ここは俺さまの縄張りだぞ、ってことね。いやだ…。どうにか対策はないか。

夜はブルーチーズのパスタと畑から採ってきたレタスのサラダ。数種類のレタスのタネが入っている「レタスミックス」というタネを蒔（ま）いたもの。

できたレタスの中にひとつ、とても苦い葉っぱがあった。でもそれが特に大きく育ってる。その大きなのをいくつか摘んで、サラダにした。

苦い。すごく苦い。調べたら、イタリアのチコリの一種のようだ。ああ、もうこれはいいや。今日、こんなにたくさん食べたんだからもういいや。

パスタは塩が効きすぎてたし、めずらしく全部失敗した晩ご飯だった。

7月6日（火）

あの萎（しお）れていたプチトマト、アイコ。その理由がわかった。たぶんだけど、青枯れ病という土の中の細菌に感染して全体的に萎れていく病気だと思う。ショック。

根っこごと抜いて畑から取り出さなければならないそう。でもトマトは食べられるらしいので、もう少し待って1個でも赤くなってから捨てよう。青いトマトがいっぱい生ってるいちばん生育のいい苗だったのに残念。

ズッキーニの雄花がまた咲いていた。中をのぞくと極小のアリや昆虫が盛んに歩き回っていた。

玄関前の花壇から見知らぬ木が生えてきた。なんだろうと様子を見ていたら、何かの葉に似ている…と思い出した。数年前にとてもきれいに紅葉する木が裏庭に自然に生えてきたので、あまりにもきれいだから表に移植しようと思い、抜いて移植したら、両腕がかぶれてしまい病院に行ったこと。それはハゼノキだった。

あの葉っぱにそっくりだ。

調べたらたぶん、そう。大きなビニール袋を探して直接手が触れないようにしてくるんでゴミの日に捨てた。いつのまにか鳥が種を運んでくるから。

ふと気づくとブルーベリーがけっこう熟してきてる。鳥もときどき食べに来てる。

私も摘もう。葉っぱが邪魔で摘みにくい。なので剪定ばさみで邪魔な葉っぱをカットした。これで大丈夫。すぐに手が届く。鳥もすぐに見つけそう。

ズッキーニの花が萎れていた。中を見るともう虫はいない。なので折り取って、またクリームチーズを入れて簡単天ぷらに。

虫食いだらけの小松菜の比較的きれいな部分だけを丁寧に選んでオイスター炒（いた）めにする。春菊はお浸しにした。小さな春菊だけどもう花のつぼみがつきつつある。

7月7日（水）

雨が降ったりやんだり。湿度が高い。

仕事をしなくてはいけないと思いながら、グズグズと読書。

岡潔（おかきよし）『春宵十話（しゅんしょうじゅうわ）』を読んでいたら、「私の生活のやり方は、一言でいえば自然に従うということである。」という文章があった。それを読んだとたん、お腹が空（す）いていることに気づいたのですぐに昼ご飯を作りに行く。私の生活も自然に従いたい。

午後、トコトコと畑を見に行く。今日2回目。

みんな順調に育っている。いや、枯れそうなもの、葉の色が茶色く変化しているものもある。かぼちゃのつるはよく伸びている。

トウモロコシの穂を見ていたら、かつての寝ぐせを思い出した。

7月8日（木）

台所の窓から見えるところにブルーベリーの木がある。

朝、その実を鳥が食べてるのを発見。枝に飛び乗って器用についばんでる。やはり葉っぱを剪定したから食べやすかろう。窓を開けてみたけど、逃げない。玄関から外に出たらすぐに飛んで行った。鳥は頭がよさそう。

今日は仕事を進めなくては。

畑を見に行く。インゲン豆ひとつ。ズッキーニの花一個。また天ぷらにする。

作業中、昔のことをふと思い出す。へんな人に心を動かされてたなあ。夢中になってたなあ。あの頃の自分にはそれがそう見えたのだろうと理解することにしよう。

昼、瓶詰の「印度の味」で簡単チキンカレー。クミンシードやナツメグを追加する。

仕事して、夜も同じカレー。仕事してると作るのが面倒くさい。

夜、胃がシクシク痛む。香辛料が効きすぎたか。たまにスパイスの効いたカレーを食べたあと、痛くなることがある。前、本格カレー屋さんにわざわざ出かけて行って、食べ始めてすぐに胃が強烈に痛くなったことがあった。しばらくしたら治ったけど、カレーのスパイスの中に私の胃が苦手にするものがあるみたい。

7月9日（金）

変な夢を見て、「わあ」と叫びながら目覚める。

動画の安眠音楽を試しに聴きながら寝たのがいけなかったかも。ああいうのはどうかと思う。

昼間は仕事。集中したので疲れた。朝も昼も昨日のカレーの残り。調理する気がしない。玉子をのせたり、チーズを入れたりして工夫した。4食続けて同じカレー。でもこれで食べきったのでうれしい。


ときどきすごい雨。変化の激しい天気だ。

夕方、畑に行ったら花などが倒れてる。晴れたら棒を立てなくては。

レタスを収穫する。青枯れ病らしきプチトマトも赤くなってたので採る。雨が降るたびに草もよく伸びる。晴れたら草取りもしなくてはなあ。

インスピレーションを与えられるもの、人、英知みたいなものとの出会いは、塀をへだてて、動いてるこっちと動いてるあっちが、塀に空いた小さな穴から一瞬、たまたま見えた、というようなものかもしれない。

ここまで生きてくると、誰かを愛してるとか好きというのは自分のエゴだということがよくわかる。

そして、そのエゴを自覚している者同士が愛し合うならば、すばらしい関係を作ることができるだろう。

7月10日（土）

昨夜、夜中にものすごいカミナリと雨が長く続いた。目が覚めてウトウトしながらカミナリの光をピカピカ感じる。ゴロゴロドーンという大きな音。近くで、遠くで、3時間ぐらいは続いた気がする。稲光のイルミネーション。

あまりの雨にただならぬ雰囲気を感じ、まだ薄暗い5時過ぎに起きて外を見たりテレビをつけたり。鹿児島からこの辺一帯が豪雨らしい。すぐ近くを流れている川内川（せんだい）の下流があふれそう。大雨特別警報も発令された。

2階にあがって窓から双眼鏡で川の水量を見る。まああがってる。7時になったのでセッセに電話してみた。川の水位を教える。セッセは外に出てみたいけど我慢していると言う。いつもよりも雨漏りがすごいらしい。

また何かあったら連絡するねと言って電話を切る。

それから外の道に出てみた。すると、車がたくさん路肩に停まってる。避難してるよう。見ると、左側の道の方に水が出ている。いつも水が出る道路。畑も水が溜まってきてる。

さっそくセッセに電話して報告する。

しばらくしたらピンポーンと誰かが来た。

見ると、セッセだった。我慢できずに車で来てみたと言う。途中の交差点ではボートが組み立てられていて、左へ行く道は通行止めだったそう。

家の前で話していると、水のたまった道路の向こうからおばさんとおばあさんが買い物カートを押しながら膝まで水に浸かって歩いてくる。こちらに避難所があるから。

そのあとからも誰かが水の中をこちらに避難してきてた。セッセは帰れなくなるといけないから帰ると言って帰って行った。

ジッとしながら将棋の竜王戦を見る。

昼ごろ、雨が弱まってきた。一瞬晴れて、陽の光が射したので畑に行ってみた。かなりの雨で倒れたり地面にくっついてる花や野菜がある。できる範囲で立てなおす。草もますます伸びている。

午後、雨は弱まったけど、また空が暗くなったり、変化が激しい。そして夜になってまた激しい雨になり、また弱まる。

近所でキジの被害にあったというナス畑の写真を見たら、私の状況と全く同じだった。地面から十数センチくらいのところで茎がブチッと切られてる。もしかするとうちの畑も、犯人はキジかもしれない。オリーブの枝を折ることもキジならできそう。

7月11日（日）

晴れて暑い。湿度も高い。

朝、畑に行って様子をみる。花が倒れてた。大根がずいぶん上の方に盛り上がってる。直径4センチぐらい。長さはどうだろうか。小さい大根をひとつ、引き抜いてみよう。形はいびつだが、20センチぐらいある。

さっそく今から料理してみよう。

お味噌汁（みそしる）、大根おろし、大根と豚肉の炒（いた）め煮を作ってみた。煮物はちょっとこげてしまったけど。

夏の大根は辛いと聞いていたので恐る恐る食べると、けっこうおいしい。なにしろ新鮮なので、みずみずしい。これはいい。とてもうれしくなった。


そこへ、ピンポーンの音。

見ると、セッセとしげちゃんだった。今日は日曜日か。

庭を一周して、ベンチに座ってしばらく話す。帰りにしげちゃんに私の畑を見せる。

「ピーマンがよく生（な）ってるわ。トウモロコシもあるわね。小さいのが」


午後、ひさしぶりに畑で時間をかけて草整理をする。先日買った冷感腕カバーとタオルを巻いて。確かに腕が涼しい。

草がたくさん出ていた。切る草と残す草を選別しながら刈る。いちばん厄介なのが宿根草のハマスゲ。取っても取っても次から次へ、ものすごくたくさん出てくる。

大根をまた1本引き抜いた。また今夜も食べよう。残りあと4本。畑は私の食料庫だ。

大根の煮物、今日もおいしくできた。

7月12日（月）

いい天気。

動画で清原(きよはら)のチャンネルと「もしもイチローが社長だったら⁉」というのを見る。どちらもおもしろく拝見。

清原が友人のボクシング選手に自分を殴ってくれとリング上で14分も戦ったあとに、ふたりで男泣きに泣いた回では、私も思わずもらい泣き。大魔神佐々木(ささき)との対談の回では、「清原は単純で騙(だま)されやすい」と言われていた。

イチローは社長然としていいことを話していたが、終わった直後に「いやあ、まったく向いてないなあ、ホントに。向いてないのは知ってたけど、こんなに向いてないのかと思いました」と感想を述べていた。私も社長業は向いてなそうと思いながら聞いていたので、やっぱり。

仕事しなきゃいけないのに、夕方までグズグズする。バタンと寝ころんだベッドの脇の棚に置かれたブドウの置き物が見え、20年ぶりぐらいに洗ってきれいにした。仕事から逃げてこんなことまで。

夜、レシピを知って興味を持ち、桃の冷製パスタを作る。

桃、レモン、細いスパゲティ、生ハムなど買ってきた。丁寧に作る。味は、うーん、おいしかったけど、フルーツのパスタって…。これって、ご飯?デザート?と、不思議な感じ。

食後、やっとやる気が出て仕事を進める。

7月13日（火）

馬場さんに今日の甑岳登山に誘われたけど、将棋の王位戦もあるし、仕事もまだ目途が立たないので、断った。

で、朝のこと。8時に起きて外を見たら、明るく晴れてる。外に出てみたら、空気がさわやか。急に登山に行きたくなった。で、ヨッシーさんに電話して、「行きます」と伝えて、大急ぎでおにぎりを2個作る。少し余ったご飯を朝ごはんにして、バタバタと準備。温泉の用意も。何か忘れ物がなければいいが。

9時に待ち合わせ場所へ。

今日のメンバーは馬場さん、ヨッシーさん、サイクリング協会のIさん。最初は晴れてたけど、登山口に近づくころには雲が増えてきた。山の上だからなあ。

甑岳はゆっくり歩いても1時間ぐらい。それほど大変じゃないけど、汗が出る。頂上について、火口の湿原を歩く。ここにはモウセンゴケの群生がある。ずっと前に来た時にもたくさんあった。

馬場さんのお気に入りという秘密の岩に立って韓国岳を眺める。何となく空が暗くなってきたので、雨が降る前に急いで下山。

このルートは湿度が高いのか、しっとりとしている。苔の群生地があるというのでそこを見に行く。ふかふかの苔。歩くとスポンジのような弾力。

駐車場に戻っておにぎりを食べて、食後のコーヒーとおやつをみなさんからちょこちょこもらい、ぽっちりお腹がふくれた頃、雨が降ってきた。いつものパターンだ。

温泉へ向かう。その前に、無農薬の野菜を販売されているご夫婦の直売所へ。ここのトウモロコシは生で食べられる甘いトウモロコシ。トウモロコシ2袋（8本）と小玉スイカと細長いピーマンとトマト、じゃがいもを買う。

温泉は気持ちいい。

露天風呂に入っている時にも雨が降ってきて、雨を顔に当てながらいろいろおしゃべりしながらのんびりつかった。

最初の待ち合わせ場所でそれぞれの車に乗って別れる。

「次はサイクリングに行きましょう」と言ってた。

家に帰って将棋を見る。なんだか藤井二冠の劣勢っぽい。夕飯にピーマンや玉ねぎ、トウモロコシの天ぷらを作る。

ズッキーニの天ぷらも、雄花が2個しぼんでいたので摘んできて2個作った。近頃畑に行くたびに、ズッキーニの花を見つけたら食べなければいけないという法律があるかのような緊張感を覚える。とりあえず今までのは全部天ぷらにして食べている。

すべてのトウモロコシを軽く蒸して、粒々を包丁で削って冷凍庫に入れた。全部終わったのが10時ごろ。3時間ぐらいかかった。ちょっとたくさん買いすぎたか…。

コンロの受け皿にきれいな模様が！　吹きこぼれたものが乾く時に作った模様。

7月14日（水）

王位戦、第2局2日目。

ちょっと指し手が難しいまま、苦しい時間がずっと続く。クールな豊島竜王。

ずーっと苦しいので、途中、畑を見に行ってみた。

ふん…ふん…と軽く生長をチェックしながら見て回る。

すると、端っこの一角がなにか違う。なんだかスッキリしている。ひまわり、枝豆、アスター。これだけだったかな？　なんとなく寂しいような…。

あっ！

綿の木。綿の木がない！　ここにあったのに。つぼみがついて、楽しみにしていたのに。またやられたか！　キジに（たぶん）。周囲をキュルキュルッと探すと、あった！　1メートルほど先の草むらの上に、根っこから引き抜かれて茶色くなって横たわっている綿の木。しかもピンク色の花まで咲いて萎（しお）れている。全体的に茶色になりつつあるので、きのう、おとといぐらいに抜かれたのかもしれない。ショック…。すぐ拾い上げて、元の場所に穴を掘って植え直し、まわりを石で囲んで、水をかけて、棒などでガードしたが、枯れてしまうかも…。

うう。

悲しいけどしかたない。それにしても毎日来ているのか。油断できないな。

家に戻って、将棋観戦の続き。夕方になって、もう終盤。もうだめかと見ていたら、ふとしたところで急にAIの評価値がぐるっと逆転した。どうなったのかよくわからないけど、藤井くんがうなだれていたさっきまでとはうって変わって、体でリズムを取り始めている。よくなったんだ！

そのまま進んでついに勝った。よかった。これで1勝1敗。勝負を長く楽しめる。

それからトウモロコシ入りチャーハンをおいしく作って食べて、就寝。

7月15日（木）

今日から仕事に集中しなくては。

ゴミ捨てのついでに畑チェック。かぼちゃのつるがよく伸びている。綿の木は茶色のままだった。もう枯れているのかもしれない。

ヨッシーさんから20日にまた山歩きに行きますがどうですか？とラインがきたので、19日までに仕事を終わらせられたらぜひ！と返事する。それを励みにがんばろう。

一日中、コツコツ仕事した。

7月16日（金）

天気予報を見たら20日は雨かもしれない。なんだか張り合いがなくなる。

畑に行ったら、綿の木はますます茶色くなっていた。そして、もうひとつの里芋の芽が小さく出ていた。今ごろ！　でもうれしい。

仕事のあいまに、庭を一周。

そうだ。今、シュートを誘引してアート作品にしているモッコウバラのひと枝が、別の方向に伸びていたのでこっちに近づけたい、と思い、傘を持って向かう。傘をさかさまに持って、背伸びして、取っ手の曲がったところに枝を引っかけてぐいぐい引っぱる。近づいたところで、何かが目に入った。

ホッとしたところで、他の枝に絡ませて安定させる。

雨よけのひさしの裏。いつかスズメバチが巣を作っていたところにまただ！　スズメバチの巣が今年も！　15センチぐらいか。

ああ、と思い、すぐに家に戻る。そして市役所に電話して駆除業者を聞く。わりと近くに個人でやってらっしゃる方がいるそうなので、そこにした。

連絡がついて、来てくださった。

丸っこいおじちゃんんだ。庭を通る時、置いてある石の説明をする。「石が好きなんです。これなんか、パンそっくりに見えませんか？」と言ったら、「まあ、見方じゃなあ」と笑ってた。もうひとり、歯が抜けてるおじいさんがいて、「このあいだ蜂に刺された」と言うのでちょっと話を聞いた。

ふたりで巣を見あげ、「こぐまかな？」なんて言ってる。スズメバチの種類。

作業風景を家の中から見守る。煙が出る花火みたいなのを持って、煙で巣をいぶしていた。私のモッコウバラアートが邪魔みたいで、手で何度も振り払っている。

それから巣を外して、中の蜂を出して殺していた。巣の蜂の子も見せてくれた。

「揚げるとおいしいよ」とおじいさん。料金は4千円。

「またお願いします〜」

「どんどん作って。じゃんじゃん取るよ」


ひと息ついて、リビングのブランコに揺られていたら、目の前の窓にバシンバシンと当たってくる黒い物体。見るとそれはスズメバチ。復讐(ふくしゅう)しにきたんだ! 何度も、何度も突進してくる。おお怖い。

ごくりと生つばを飲み込む。でもガラスがあるんだから安全だよね。

しばらく冷静にその様子を眺める。


いつのまにかいなくなってた。そのあと裏の方のスズメバチの巣があったところを窓から見ると、またいた。スズメバチが。さっきのか。なんだかさっきのより大きく見える。おお、怖い。家から出たらチクリと刺されそう。


仕事をして、夕方、畑を見に行きたくなった。

スズメバチが狙ってるかも。でも夕方になったら蜂は活動をやめると聞いた気がする。大事をとって、首までカバーする帽子をかぶり、タオルで腕を覆って外に出る。

畑をチェック。変化なし。スズメバチにも襲われなかった。

7月17日（土）

ずっと雨。

今日も仕事をがんばる。

ふとスマホで近所のカフェのランチを見たら、スパイシーテールカレーだった。おいしそう。アチャールというレモンの漬け物もついているという。なに、それ。食べてみたい…。テイクアウトしようか。器を持って行って。

じっくり考えて、そうすることにした。11時に電話したらＯＫだったので取りに行く。ナスの畑をキジに襲撃されたそうで、私の畑も、とその話をする。

家に帰ってゆっくり食べる。野菜の副菜がたくさんあるので私には2食分ある。残りは夜に食べよう。

夜8時。仕事をしていたら、外でドンドンという音。

あ！　そうか、花火。

花火大会が中止になったので、そのかわり花火だけを川原で打ち上げるのだそう。急いで外に出る。建物の向こうに花火の一部が見える。

近くの真っ暗な堤防に人が見に来ていた。どれくらいの人数なのかは暗くてわからない。並んで立って、じっと見る。15分ぐらいだったか。とてもきれいだった。花火は毎年進化している。新しい形のを見ると、あら、と思う。終わって、みんなでぞろぞろと帰る。

7月18日（日）

仕事進まず。

畑に行く。カボチャの花がたくさん咲いているなあ。ズッキーニの花の天ぷらみたいにカボチャの花も天ぷらにできるらしい。やってみようか。きれいなのを3個摘む。中にクリームチーズを入れて簡単天ぷら。カボチャの花はズッキーニの花の2倍ぐらいあってとても大きい。かなりのボリューム。まあまあおいしかった。

葉が大きく茂っていた人参（にんじん）も抜いてみた。割れている。他のは小さい。味もおいしくない。夏だからか。小さく切って人参のグラッセにして食べた。

焼酎のハイボールを3杯飲んだら頭が痛くなった。うーん。なんか、最近飲みすぎてたし、しばらくお酒はやめることにしよう。お酒に飽きたという感じ。

7月19日（月）

今日までに仕事が終わったら、明日の山遊びに行ける。なので午後から必死に頑張った。3分の1しか終わらなかったけど、リズムができたのでもう大丈夫だと思う。明日は山に行こう。

7月20日（火）

子どもの頃、遠足の前の晩は緊張して眠れなかった。同じように昨夜も眠れなかった。うーん。寝不足でぼんやり。

トウモロコシチャーハンを作ってお弁当にする。9時集合。メンバーは先週と同じ4人。今日は郷土の森というところの一部を歩く。片道1時間ほど。天気はよかったのに、登山道に近づくと曇ってきて雨もパラパラ。そうか山の上は雲があるんだった。しっとりしめった登山道を下る。苔がきれいだ。

途中、とてもめずらしいキノコを見た。ラッパのような筒状の柔らかいのがいくつも集まっている。サイクルおじさんがストックの先でつついたら、煙のようなものがでてきた。おもしろくてみんなでつつく。そのすぐ先に今度は茶色くて丸いキノコ。それは触ると白いミルクのような液体が出てきた。それも不思議だった。

折り返し地点でお昼を食べて、引き返す。夏ツバキの白い花があちこちに咲いていてきれい。苔の種類も多く、これは苔かなシダかなというのもあった。

煙の出るキノコがまた3つぐらいあったので、またみんなで代わるがわるつついて煙を出す。

帰る途中、生で食べられる甘いトウモロコシのある無農薬野菜売り場に、今回も立ち寄って買い物する。

それから温泉へ。今日は私の好きな炭酸温泉。サイクルさんは「お風呂(ふろ)の用意をしてきていないし、明日遠くで仕事があるから帰る」というのに、待ち合わせ場所からみんなで一つの車に乗ってきたのでひとりだけ途中で帰れない。馬場さんが上手く言って温泉へと向かう。

初めて入ったというヨッシーさんはとってもいい温泉だったと言っていた。

集合した駐車場で別れて、私はスーパーへ買い物に。

トウモロコシのお店で高いオリーブオイルなんかを買ったのでお金が足りないかも

しれない。レジで、「もしかするとお金が足りないかもしれないので、もし足りなかったら何かを抜きます」と告げたら、レジの女性の返事がない。どうしたんだろうと思っていたら、「いくらありますか？」と聞くので、「5千5百円ぐらいです」と答えた。すると、「ああ〜、だったら全然大丈夫」という。一瞥(いちべつ)しただけなのに。
「すごいですね、わかるんですか？」
そして実際に会計したら、3千8百円だった。
「おお」とうれしい私。
「楽勝ですよ」とレジの女性。よかった〜。

家に帰って、生のトウモロコシをオリーブオイルとお塩で食べる。さっきお店でこうやって試食させてくれたのだ。おいしい。オリーブオイルで一挙にイタリアンの前菜みたいになる。

そうそう。あのキノコを調べてみた。そしたらわかった。あの煙は胞子で、名前はミミブサタケ。食べられない。

白いミルクのような液体が出るのはチチタケ。これは食べられるそう。

疲れたけど疲れすぎず、温泉でリラックスでき、とても楽しかった。ヨッシーさんから、ヘチマを煮たのがとろとろと柔らかくておいしいこと、ゴーヤの熟れた種の周りの赤いわたがおいしいということを聞いた。ぜひ食べてみたい。

7月21日（水）

朝6時起床。今日は王位戦第3局1日目。8時半から。明日2日目。そして夜、サクとカーカとカーカの友だちがくる。これから数日、ずっと忙しい。やらなくてはいけないことがいっぱい。仕事もしなければ。草取りもしたい。

草取りができるのは、これからしばらくの中で今から8時半までの2時間半しかないことに気づいた瞬間、ぼんやりしていた背中がシャキン！と伸び、スイッチが入った。

よし！　やろう！

完全防備して、まず家の前の道路わきの草を刈る。それから畑のわきの草。隅っこの暗くて行きたくないところへも思い切って突き進む。バッサリ、スッキリ。

畑のはしから草整理。登校する小学生と挨拶を交わす。青枯れ病のトマトを2つ、抜いて捨てる。枝豆の茎を間違えて切ってしまって悲しい。

ふと気づくとシーンとしてる。もう学校が始まったのかな。あわてて家に戻ると、8時20分。2時間もやってたんだ。あっという間だった。あと2時間ぐらいやりたい。暑くないし。

そうだ。明日から、朝早く起きて畑の作業をしよう。気持ちがいいから。朝体を動かすのはすごくいい。

将棋を見ていたら、年1回の浄化槽の掃除の方が来たので庭に通す。

午後、灯油が少なくなっていたことを思い出したので電話する。いつものおじちゃんが来てくれた。そして、「どれくらい入れますか？　今、すごく高くなってしまって…」と申し訳なさそうにおっしゃる。前回も値上がりしていて、その時も本当に恐縮していらした。灯油の値段が上がるのはおじちゃんのせいじゃないので、ニコニコしながら「いいですよ～」と何度も言う。灯油を入れてるあいだ、のびまくっているバラの枝を、邪魔にならないようにグローブをはめた手で押さえとく。ずっとおじちゃんとしゃべって、とても楽しかった。電気自動車のこと、電気のこと、野菜のこと、いろいろ。

将棋の封じ手が終わったので、畑へ。人参をまた抜いた。極小のやゴツゴツしているのばかり。人参のグラッセをまた作ろう。大根も1本。

夕食に稲荷(いなり)ずしを作って食べて、さて仕事しよう、その前にトイレ、と思った時、あれ？　昨日、トイレットペーパーを買ったけど、どうしたっけ？

いつもすぐにトイレの棚に並べるんだけど…。持って帰った覚えがない。袋に入れる台に忘れたかも。で、すぐに電話した。すると、やはり忘れていたそう。「すみません。明日取りに行きます〜」

7月22日（木）

7時から畑へ。昨日の続きの草刈り。里芋と落花生の土寄せもする。

昨日間違えて切ってしまった枝豆がしなびていたので、持って帰る。さやが5個ついている。

茹(ゆ)でて食べてみよう。

洗濯物を干して帰ってきたら鍋(なべ)がカラカラに。しまった！　あわてて火を消して枝豆を取り出す。鍋に水を入れたらジューッと煙が。味は？

すごくおいしかった…。


王位戦第3局2日目。見ながら掃除。途中、買い物に出て、トイレットペーパーを受け取る。台所で洗い物をしていたら、窓の外で何かが動いてる。ブルーベリーの木の下のあたり。ゴソゴソ。

うん？　なんだろう。ネコかな。

違う。なんか違う。もっと大きくてむっちりしてて野生っぽい。ハッ、けものだ。盛んに地面をつつきながら何かを食べている。そのまま向こうへ移動していくので、私はカメラを手に庭に出た。ずっと地面をつつきながら移動していく。塀の裏に回ったので、勇気をだして覗いてみたら、よく見えた。シャッターチャンス。顔も写った。引っ返してこちらに来たので、私の方が後ずさる。じっとしてたらこっちに気づいたよう。さっと向こうへ逃げていく。

家に戻って、今撮った画像を見ながら調べる。顔に白っぽい部分と黒っぽい部分があって縦に分かれていて…。同じ顔があった！　アナグマだ。

そのあと畑に行ったら、赤くて丸い唐辛子が3個かじり捨てられていた。そうか、もしかしてさっきのアナグマが今まで畑を荒らしていた犯人だったのかも。

夜7時すぎにカーカとサクが帰ってきた。カーカはこれから友だちとチキン南蛮を食べに行って、温泉に入って帰ってくる計画。サクは家で晩ごはん。作っといたローストビーフは熱が入りすぎて中までよく焼けてしまってた。残念。

カーカたちが帰って来た。2階の部屋でこれから飲みながらおしゃべりするそう。

7月23日（金）

カーカは友だちのところに行った。

私はサクと、雨が降らないみたいなので山歩きしようとえびの高原へドライブ。が、途中から雨がポツポツ。そうだった。山の上は天気が下とは違うんだった。とりあえず上まで行って、雨の降る中、売店を見て、３００円の小さな木のスプーンを1本買って、下りる。

下は雨が降ってない。川原に行って川をながめ、焼き芋を買って帰宅。

それからはそれぞれ気ままに過ごし、夕方、畑に行って今夜の夕食用の野菜を採る。

メニューは、ピーマンとナスで肉詰め、空心菜いため、ゆで枝豆、レタスサラダ、ズッキーニとカボチャの花の天ぷら。ナス、ピーマン、枝豆はサクに採ってもらう。

実際に食べられる野菜ができてるのを見て、サクが感心してた。

オリンピックの開会式を見ながら食べる。気ままな感想をあれこれ言いながら見たのでおもしろかった。

7月24日（土）

どんよりとした曇り空。

サクは髪を切りに行って、丸く切られて帰ってきた。

午後、どこか近くにドライブに行こうと出かける。どこへ行こう…といろいろ考えて、きれいな湧き水でできた池に行く。ずっと前に行ったことがあって、うろ覚えだけど地図を見ながら…。

とても細い道を通って、たどり着く。青くて静かな池。その奥に湧き水が出てくる小さな丸い池。そこはとても神秘的な雰囲気。この池に入ると上がってこられないという言い伝えがある、と案内板に書いてある。

雨が降ってきたのでしばらく木の下で雨宿り。

帰りに「しまむら」に寄る。サクがTシャツ、私もパンツなどを買う。安いので楽しい。いつかもっとゆっくり見に来たい。チキン南蛮をテイクアウトして帰宅。

車で走りながら、ひとり暮らしと仕事はどう？とサクに聞いた。

まあまあどうにかやってるみたい。それほど大変なことはなさそうでよかった。

パパには会ってないの？と聞いたら、ホタルを見に連れて行ってくれたり、琵琶湖に釣りに行ったとのこと。

夜、鹿児島の友だちの家に行っていたカーカから電話。自販機に飲み物を買いに行ったらレンタカーのカギがなぜかロックされていて、キーは車の中にあるそう。

「あら～。大変。あるよね。ママも前にね」と話す。カギの救急隊を呼んだので、帰るのは遅くなるそう。

遅くに帰ってきた。2万5千円だったらしい。ショックだね。これから気をつけないとね。

「いい経験だったわ」とカーカ。

7月25日（日）

朝、しげちゃんとセッセが来たのでみんなで庭で話す。かなり距離を空けて。

それから私の畑をカーカに見せる。バジルの葉が茂っていたので、持って帰ると言って採っていた。私はズッキーニとカボチャの花の天ぷらをカーカにも食べさせようと思い、それを採って、枝豆とレタスも少量だけど採る。ブルーベリーもたくさん生（な）っているので持って帰る用にふたりで摘む。

カーカはバジルの葉が黒くなる前に、ここでソースを作って持って帰ると、バジルやクルミの実を刻み始めた。

時間がないのでバタバタと忙しく調理する。天ぷら、ウィンナー炒め(いた)など。バジルソースも完成。

カーカが出発した。サクは夕方まで時間があるのでゆっくりご飯を食べる。

夕方、サクを空港まで送る。ちょうど将棋の叡王(えいおう)戦のいいところだったので、帰りに途中で車を停めてスマホで観戦した。そこは物産展の駐車場だった。ついでにさつま揚げなどいろいろ買った。湧水(ゆうすい)町でいつものうなぎも買って帰る。

家に帰って買ってきたものを冷蔵庫にしまう。オリンピックを見ながら、やっと落ち着く。明日から仕事をしなければ。

7月26日(月)

洗濯を2回して、オリンピックをチラチラ見ながら、ブルーベリーの木の剪定(せんてい)の仕方を調べてちょっと試したり、なかなか仕事する気にならない。今日はしょうがないか。ゆっくりしよう。

畑から採ってきた最後の大根の3分の1は煮物に、3分の2は切り干し大根にするために切って干す。1日干しただけでとても小さくなっていた。この大根、硬くて形も悪く、味もおいしくなかったけど、自分で作ったものはどうにかして食べ切りたいと思う。

昨日買ったうなぎを温めて食べる。卓球混合ダブルス金メダル、よかった。伊藤美誠（いとうみま）のかわいい笑顔。

7月27日（火）

いい天気。

朝からブルーベリーの剪定をまたやる。これからきちんと管理して、来年はおいしくて充実した実を育てたい。ブルーベリーが思いのほかたくさん採れることがわかったので急に気持ちが入った私。

「森の小道」と名づけているヤマモモの木とフェンスの間の薄暗い道をひさしぶりに通ったら、フェンスの下に外へとつながる大きな穴を発見。30センチ×15センチぐらいの半円。ここからアナグマが入ってきてたんだ！

どうやってふさごうかと考え、大きな石を3つ、置く。やはり庭はちょくちょく見て回らないといけないなと思う。

サーフィン銀メダルの五十嵐カノア選手。スケートボードで金を取った堀米選手と親しいそうで、どちらも感じがいい。

切り干し大根を今日も陰干しに。ますます小さくなって縮んでる。夕方、取り込むと匂いが部屋に漂う。味見したけどやはり甘味はなかった。

仕事がなかなか進まないけど、リズムがとれてきたので明日からは進みそう。

7月28日（水）

ビンを捨てる日。ひさしぶりなのでたまっていた。2袋。重いのでカートに載せたら音がすごい。朝早くからご近所にうるさいかもと思い、ゆっくりゆっくり進む。帰りは前輪を持ち上げてできるだけ音がしないようにする。

畑を見る。スイカの小さいのが生ってた！　カボチャもひとつ。これはちょっと前に見つけて、下に草を敷いといた。

庭のブルーベリーまわりの木の剪定。ブルーベリーの剪定動画を見てまた知識を仕入れたので、今生ってる実を取り終えたら、じっくりと取り組みたい。

切り干し大根の作り方を見たら、天日干しと書いてあった。今日は太陽がガンガン当たってるところに干そう。

庭のテラスに出ていい場所を探したけど引っかけるところがない。流木を使おうといろいろ試みたけどうまくいかない。ついに諦めて、家に戻ってアルミワイヤーを持ってきた。そしてバスケットボールのネットにひっかける。

オリンピックを見ながら仕事。今日もなかなか進まない。スポーツってチラチラ見てるとおもしろくないのだ。選手の一挙手一投足を最初からじっくり見るほどおもしろい。

柔道、シンクロ板飛び込み、炎天下の錦織のテニス、3×3バスケ、サッカーなどを見た。バスケがおもしろかった。どこかの選手の靴底が取れてガムテープをぐるぐる巻いて続けていた。

7月29日（木）

今日こそ、仕事を進めよう。

ゴミ出しのあと、まず畑をチェック。うれしい出来事があった。鳥か獣によって引き抜かれた綿の木を植え直しておいたのが茶色く枯れてきて、ほぼ諦めていたけどそのままにしていたら、2センチぐらいの小さな葉っぱが地際から出てきたこと。根が生きていたんだ。大事に見守ろう。最近暑くなったせいか収穫するものはあまりない。
家に戻る途中、ふと道路からフェンスを見たら、大きな穴が！
アナグマが開けたあの穴のこっち側だ。私が置いた石が3個見えてる。まわりの土と石が大きく動かされていたので、寄せて軽く整える。

家に戻って庭を一周。
ウツギの葉がコガネムシにやられていたのでニームオイルを薄めて噴射しとく。今年はコガネムシが大発生したみたいでグミの葉っぱもボロボロになってた。
今日もオリンピックを見ながら仕事。今日はわりと進んだ。

7月30日（金）

今日も仕事。けっこう進む。もう少しだ。

7月31日（土）

ラストスパートをかけていたら、ぶどう園

をやっている友だちが甘くて大きなぶどうを持ってきてくれた。シャインマスカットと紫色の。これを食べながらがんばろう。

料理を作る時間もないのでコンビニのごまタンタンメンを買いに行くことにした。ついでにブルーベリーと一緒に食べるアイスクリームも買わなければ。そうだ、さっきもらったぶどうを少し、しげちゃんに持っていこう。セッセは昔、ぶどうをあげたら「歯が痛くなる気がする」と言って次の日に返しに来たことがあったので、しげちゃんだけ。行ったら、玄関前で草取りをしていた。「いつ帰ってきたの?」といつものように聞くので、「もうずーっといるの」と答える。ちょっと話してからコンビニへ。欲しかったタンタンメンはなかった。欲しかったアイスクリームの種類(マカダミアナッツ)もなかった。しょうがないので、冷凍スパゲティとバニラアイスクリームとドーナツを買う。

家に帰ってスパゲティとドーナツを食べたらあまり美味しく感じなかった。せっかく今まで自然派でやってきたのにガックリ。でも時間がなかったから仕方ない。

夜、やっと、ほぼ終わった。バンザイ!

オリンピックを見ながら、ホッとひと息。お茶を飲む。明日はひさしぶりに雨になるという予報。畑が乾いていたので恵みの雨だ。

あとがき

3月末に東京から宮崎に戻りました。
思った以上に、悲しかったです（一瞬）。でも、こちらはこちらで、
やることが多く、とても心は忙しいです。そして、ケネンした
孤独感もなく、それどころか、今までにない満足感
を覚えることもあります。ついに私は、やっと自分の
生きたい生き方ができます。そのことのすごさに
キンチョウと感動がわきおこり、時々心を落ち着けて
いるところです。ではまた！

銀色夏生

各月の扉イラストは、最近気にいってるルビー猫（ねこ）